Dr. Hans-Joachim
Boehmer

Der Weg zu einem besseren Leben aus ärztlicher Sicht

Dr. Hans-Joachim Boehmer

Der Weg zu einem besseren Leben aus ärztlicher Sicht

Religion

Friedenspolitik

Gesundheit

Quintessenz

Anschrift des Autoren:
Dr. Hans-Joachim Boehmer
Birkenstraße 38
D-8501 Feucht b. Nürnberg

Die Deutsche Bibliothek - CIP-Einheitsaufnahme

Boehmer, Hans-Joachim:
Der Weg zu einem besseren Leben aus ärztlicher Sicht :
Religion, Friedenspolitik, Gesundheit / Hans-Joachim
Boehmer. - München : Quintessenz, 1991
ISBN 3-928036-13-0

Lektorat: Literatur-Agentur Axel Poldner, München
Satz: Computersatz Wirth, 8400 Regensburg
Druck und Bindearbeiten: Druckhaus Schöneweide, Berlin
ISBN: 3-928036-13-0
Printed in Germany

Gewidmet meinen Kindern
Iris und Thomas

Inhaltsverzeichnis

Einleitung

Der Berufsordnung für die Ärzte Bayerns steht folgendes Gelöbnis vor:

„Bei meiner Aufnahme in den ärztlichen Berufsstand gelobe ich feierlich, mein Leben in den Dienst der Menschlichkeit zu stellen. Ich werde meinen Beruf mit Gewissenhaftigkeit und Würde ausüben. Die Erhaltung und Wiederherstellung der Gesundheit meiner Patienten soll oberstes Gebot meines Handelns sein.

Ich werde alle mir anvertrauten Geheimnisse auch über den Tod des Patienten hinaus wahren. Ich werde mit allen meinen Kräften die Ehre und die edle Überlieferung des ärztlichen Berufes aufrechterhalten und bei der Ausübung meiner ärztlichen Pflichten keinen Unterschied machen weder nach Religion, Nationalität, Rasse noch nach Parteizugehörigkeit oder sozialer Stellung.

Ich werde jedem Menschenleben von der Empfängnis an Ehrfurcht entgegenbringen und selbst unter Bedrohung meine ärztliche Kunst nicht in Widerspruch zu den Geboten der Menschlichkeit anwenden.

Ich werde meinen Lehrern und Kollegen die schuldige Achtung erweisen. Dies alles verspreche ich feierlich auf meine Ehre."

Mein Leben in den Dienst der Menschlichkeit zu stellen heißt, auch über den eigenen Patientenkreis hinaus zu wichtigen gesellschaftlichen Fragen, die mit Gesundheit und Wohlergehen zusammenhängen, Stellung zu nehmen. Dies ist in Fachzeitschriften, auf Kongressen, in der Laienpresse, durch Vorträge und durch Bücher möglich. Nur so ist die Maxime des ärztlichen Gelöbnisses zu erfüllen: Die Erhaltung und Wiederherstellung der Gesundheit meiner Patienten soll oberstes Gebot meines Handelns sein.

Dieses Buch soll aus meiner ärztlichen Sicht einen Beitrag leisten zu wichtigen Fragen unseres Lebens und unserer Gesellschaft, die alle letztlich auch mit der Gesundheit unserer Patienten zusammenhängen.

Religion

Gott und Naturwissenschaft

Wir sehen es als Grundrecht an, daß jeder kranke Mensch einen Anspruch auf Wiederherstellung seiner Gesundheit hat. Dies gilt bei körperlichen ebenso wie bei psychischen Erkrankungen. Dort, wo Aussicht auf Heilung oder Besserung besteht, wendet die Solidargemeinschaft der Versicherten bereitwillig große Kosten auf. Die Ärzteschaft ist in Forschung und Wissenschaft sowie durch niedergelassene Ärzte und Krankenhäuser bemüht, dieser Aufgabe gerecht zu werden.

Die Mehrzahl unserer Ärzte hat eine christliche Erziehung erfahren, hat an den Schulen christlichen Religionsunterricht erhalten und ist Mitglied einer christlichen Kirche.

Während der Ausbildung zum Arzt, dem mindestens sechsjährigen Medizinstudium, entfällt die Beziehung zur Religion, zum Christentum und zu Gott. In den medizinischen Hörsälen wird darüber nicht gesprochen, spielt die Frage nach Gott und einem Weiterleben nach dem Tod keine Rolle. Für den Naturwissenschaftler gilt: Sind Atmung und Kreislauf unterbrochen, ist der Patient klinisch tot. Es bleiben noch zwei bis drei Minuten, dann treten nicht mehr zu behebende Schäden an wichtigen Organen auf. Dann beginnt mit dem Absterben der Organe der biologische Tod. Falls bis dahin nicht wiederbelebt werden kann, ist der Mensch endgültig gestorben.

Zu der geisteswissenschaftlich außerordentlich wichtigen Differenz zwischen der Medizin, für die das Leben mit dem Tod endet, und der Theologie, für die das Leben nach dem Tod weitergeht, wird nicht Stellung genommen. Über diese Thematik wird geschwiegen. Natürlich fragen wir uns zunächst, woher dies kommt.

Im Mittelalter bestimmte die katholische Kirche das geistige Leben in den Ländern des christlichen Abendlandes. Mit dem ausgehenden Mittelalter entwickelte sich die Naturwissenschaft zu einer selbständigen Institution und widerlegte Grundsatzdogmen der Kirche. Das ptolemäische Weltbild der Kirche von der Erde als Mittelpunkt der Welt wurde durch die Erkenntnisse der Astronomie, durch Kopernikus und Galilei, als unrichtig erwiesen.

Die Schöpfungsgeschichte des Alten Testamentes prägte im Mittelalter die Vorstellung, wie die Welt entstanden sei. Sie wurde erst vor gut 100 Jahren als den naturwissenschaftlichen Erkenntnissen nicht standhaltende Auffassung entkräftet.

Im Jahre 1859 hatte *Charles Darwin* sein Buch über „Die Entstehung der Arten durch natürliche Zuchtwahl" veröffentlicht. Nach einer fünfjährigen Weltreise, auf der er eine riesige Sammlung an Tierfossilien zusammentrug, und einem anschließenden zehnjährigen Studium dieser Sammlung entwickelte er die heute auch von den Kirchen anerkannte Vorstellung, daß das Leben auf unserem Planet Erde aus niedrigen Organismen bis zu den heutigen Arten, insbesondere zum Menschen, durch Selektion – also natürliches Überleben – der besser angepaßten Arten entstanden sein muß.

Im Jahre 1860 kam es zu einem Streitgespräch zwischen Naturwissenschaft und Kirche. Es trafen die Verfechter der Darwinschen Theorie und die Geistlichkeit in der Universität Oxford zusammen. Leider wurde dabei nicht sachlich argumentiert, sondern auf beiden Seiten polemisiert.

Bischof *Wilberforce* fragte *T. H. Huxley*, der die *Darwinschen* Ideen mitvertrat, ob er auf dem Wege über seinen Großvater oder seine Großmutter von den Affen abstamme. *Huxley* äußerte sich darauf dahingehend, er zöge es sicherlich vor, von einem Affen abzustammen als von einem kultivierten Menschen, der die Gabe der Kultur und Beredsamkeit in den Dienst von Vorurteil und Lüge herabwürdige. Der Bischof wisse kurzgesagt gar nicht, wovon er rede.

Der Widerspruch wurde nicht diskutiert, sondern es entwickelte sich die bis heute bestehende Regel, daß die Medizin zur Frage nach Gott und was nach dem Tod ist schweigt.

Ich versuche daher in den folgenden drei Kapiteln, hierzu eine ärztlich-christliche Vorstellung zu entwickeln.

Die jüdische Religion vor Jesus

Irgendwann vor dem 13. Jahrhundert v. Chr. entwickelte sich eine Besonderheit der jüdischen Religion, die sonst bei keinem anderen Volk vorkommt: die Verschmelzung des religiösen Fühlens mit dem geschichtlichen Bewußtsein. Die ältesten Sagen des Stammes werden als Gebot der göttlichen Stimme für eine bestimmte historische Handlung erzählt. So wird über *Abraham, Jakob* und *Joseph* von Ägypten berichtet. Es handelt sich um ferne Erinnerungen der halbnomadischen Stämme aus der ersten Hälfte des 2. Jahrtausends v. Chr., aus denen sich Israel gebildet hat. Endgültig bearbeitet wurden die Texte vermutlich in der Ära *Davids* um das Jahr 1000 v. Chr. Die Besonderheit im Vergleich mit anderen Religionen: Hier handeln ausschließlich Menschen – der Stamm, der Patriarch. Die göttliche Stimme zeigt sich in diesem Handeln. Für die jüdische Geschichte spielt der Exodus Israels aus Ägypten eine überragende Rolle. Das Volk Israel wurde von Moses geführt, der wiederum von der „Stimme Gottes" geleitet wurde. Der größte jüdische Feiertag, das Passah-Fest, erinnert an jene große Nacht, in der das Volk aus der ägyptischen Gefangenschaft befreit und das Lamm geopfert wurde. Nur bei den Juden setzte sich ausdrücklich die Vorstellung der absoluten Einzigartigkeit Gottes und der Nichtexistenz anderer Götter durch. Jahwe spricht, verbietet, ärgert sich – aber er handelt nicht, zumindest nicht auf menschliche Weise. Die Menschen handeln!

Der Gott *Abrahams, Isaaks, Jakobs* ist ein Gott, der Anspruch erhebt auf dich in seinem Bund, mit dem er das menschliche „Ich" zum Handeln verpflichtet. „Ich bin der Herr, dein Gott. Du sollst nicht andere Götter haben neben mir. Du sollst dir kein Bild von mir machen."

Die Psalmen des Alten Testamentes, vom Christentum übernommen, haben der Menschheit für Jahrtausende Modelle des Erlebens und der Bewältigung elementarer menschlicher Situationen geliefert. Sie geben den Menschen eine Stütze, um in den Wirren des Lebens mit ihrem „Ich" nicht unterzugehen.

Propheten und Seher werden bei den Juden zu einer einflußreichen politischen Kraft. Es entwickelt sich eine prophetische Bewegung, in der sich Kritik am gesellschaftlichen Zustand vermischt mit der Erwartung eines grundlegenden Umbruchs durch direkte göttliche Aktivität oder durch einen von Gott erwählten Helden. Die Propheten werden verfolgt, gesteinigt oder vertrieben. Sie bleiben jedoch unbeugsam und beginnen Könige und Despoten zu kritisieren. Das ideale Reich kommt, in dem Unterdrückung und Blutvergießen beendet sein werden, in dem „die Schwerter zu Pflugscharen werden" (Jesaja 2,4).

Jesus und das Neue Testament

Das Neue Testament gibt Auskunft über das Leben und Wirken Jesu. Jesus hat eine Bewegung ausgelöst, die eine neue geschichtliche Epoche herbeiführte und die Welt bis in unsere heutige Zeit entscheidend prägte. Zu seiner Zeit war er allerdings ein wenig bekannter Mann. In seinem eigenen Volk blieb er ohne durchschlagenden Erfolg. Der römische Schriftsteller *Tacitus* (ca. 55 – ca. 120) erwähnt ihn nur beiläufig. Die erste umfassende Darstellung des Lebens *Jesu* erfolgte im Markusevangelium (etwa 70n. Chr.). Ein bis zwei Jahrzehnte später wurde das Matthäusevangelium verfaßt. *Lukas* schrieb aus größerer zeitlicher Distanz und verstand sich als Historiker und Schriftsteller.

Die Bergpredigt ist als wichtige Aussage der Lehre Jesu anzusehen. In ihr wird die Beziehung zum Alten Testament hergestellt und das Neue an der Lehre Jesu deutlich.

Den vollständigen Text will ich hier nicht wiederholen, sondern nur auf den Kern aufmerksam machen:

„Ihr habt gehört, daß gesagt ist: Liebe deinen Nächsten! Ich aber sage euch: Liebet eure Feinde und betet für die, die euch verfolgen, damit ihr Kinder eures Vaters im Himmel seid!"

Kann man diejenigen lieben, die uns hassen, die uns Böses antun? Gefragt sind praktische Liebesbeweise wie Krankenbesuche, das Geben von Almosen, das Trösten von Trauernden und andere wirksame Wohltätigkeiten, die Vertrauen schaffen, Feindseligkeiten abbauen und die Liebe fördern.

„Glückselig sind die, die nach Gerechtigkeit hungern und dürsten, denn Gott wird sie sättigen.

Glückselig sind die, die um der Gerechtigkeit willen Verfolgung leiden, denn ihrer ist das Königtum Gottes. Glückselig sind die, die Frieden stiften, denn sie werden Kinder Gottes heißen.

Und wenn einer dich im Frondienst zwingt, eine Meile weit mit ihm zu gehen, mit dem geh zwei! Verurteilt nicht, damit ihr nicht verurteilt werdet! Denn mit dem Urteil, mit dem ihr verurteilt, werdet ihr verurteilt werden; mit dem Maß, mit dem ihr meßt, werdet ihr gemessen werden."

Jesus ist sicher kein Phantast, wenn er scheinbar Unmögliches verlangt. Vielmehr ist es höchstes Ziel menschlichen Tuns, das Unerreichbare anzustreben. Die Hoffnung, daß sich dieses Ziel erreichen läßt, wird bekräftigt und ausgesprochen im Kapitel vom Beten, im „Vaterunser" der Bergpredigt:

> „Vater unser im Himmel,
> geheiligt werde dein Name,
> dein Reich komme,
> dein Wille geschehe, wie im
> Himmel so auf Erden.
> Unser tägliches Brot gib uns
> heute und vergib uns unsere
> Schuld, wie auch wir vergeben unseren Schuldigern.
> Und führe uns nicht in Versuchung, sondern erlöse uns
> von dem Bösen."

Aus ärztlicher Sicht ist die Bergpredigt von größter Bedeutung für jeden Menschen. Was heißt es, wenn gefordert wird, seine Feinde ebenso wie seinen Nächsten zu lieben, nicht zu verurteilen, Frieden zu stiften oder gar mit seinem Gegner doppelt so weit zu gehen, als dieser es verlangt? Neigen wir nicht alle dazu, Menschen abzulehnen, als Gegner anzusehen oder zu verurteilen? Handelt es sich hier nicht um eine besondere menschliche Schwäche? Diese Schwäche führt nicht nur zur militärischen Hochrüstung – auch als Rüstungswahn bezeichnet –, sondern unter ihr leiden viele zwischenmenschliche Beziehungen. Wer kennt nicht den bösen Nachbarn, wer sieht nicht in seinem Berufsleben Gegner oder gar Feinde in seinen Kollegen? Diese menschliche Eigenschaft engt Beziehungen, engt sogar das Denken ein. Das Liebesgebot wirkt hier befreiend. Es stellt einen Schutz dar und ist für die psychische Gesundheit des Menschen von großer Wichtigkeit. Keine psychotherapeutische Methode kann diese Befreiung bewirken. Psychotherapie will nur bei der Verarbeitung von Ängsten helfen. Dies ist unbestreitbar wichtig. Auf den Zusammenhang von Angst, Feindschaft und dadurch bedingte Bedrohung geht sie nicht ein. Ist es vielleicht so, daß Angst nur dort entsteht, wo Feinde gesehen werden?

Als extremste Form einer solchen Angstentwicklung ist die Geisteskrankheit der Schizophrenie anzusehen. Hier bildet sich der Kranke ein, von Feinden umgeben zu sein; er hört Stimmen und nimmt Gefahren wahr, die es in Wirklichkeit nicht gibt. Die Angst nimmt so überhand, daß er sich selbst nicht mehr von ihr befreien kann. Wir kennen nicht die eigentlichen Ursachen einer solchen Entwicklung. Sie kann meines Erachtens nur dort entstehen, wo der wichtige Schutzmechanismus, den die Bergpredigt beschreibt, verlorengegangen ist.

Glaube und Hoffnung

Höchsten Anspruch an unseren Geist stellen die – zumal für naturwissenschaftlich ausgebildete Ärzte – schwierigen Fragen: Konnte *Jesus* Wunder tun? Wie sind die Auferstehung *Jesu* von den Toten, sein Auffahren gen Himmel, christlicher Glaube an ein ewiges Leben und die Auferstehung der Toten zu verstehen?

Stellen wir uns die alte Frage nach dem Sinn allen Seins: Entweder man sagt nein zu einem Urgrund, Urhalt und Urziel des ganzen Evolutionsprozesses. Dann muß man die Sinnlosigkeit des menschlichen Lebens und die totale Verlassenheit des Menschen in Kauf nehmen. Oder man sagt ja zu einem Urgrund, Urhalt, Urziel und darf dann den Sinn dieses Prozesses voraussetzen. Hier beginnt der Glaube an Gott.

Wie aber steht es mit dem Eingreifen Gottes in die Menschheitsgeschichte, was ist von den Wundererzählungen zu halten? Wunder als Durchbrechung von Naturgesetzen lassen sich mit der Bibel nicht beweisen. Nicht der Beschreibung des Wunders an und für sich, sondern der Bewunderung sollen die Wundererzählungen dienen. Nicht der Durchzug durch das Meer ist wichtig, sondern die Botschaft von Gott, den das Volk als Gott der Befreiung erfuhr. Die Wunder künden von einem Gott, der in der Welt handelt, um dem Lauf der Dinge eine andere Richtung zu geben und uns Hoffnung.

An den Vollender der Welt zu glauben heißt, daß Welt und Mensch nicht sinnlos aus dem Nichts ins Nichts geworfen sind, sondern daß sie als Ganzes sinnvoll und wertvoll sind.

Menschwerdung Gottes in *Jesus* meint: In *Jesu* Verkünden hat Gottes Wort und Wille menschliche Gestalt angenommen.

Die Entstehung des Christentums ist auf den Osterglauben zurückzuführen, der *Jesus* als Messias, als Menschensohn und Gottessohn proklamiert hat. Dabei denke man nicht an Auferweckung oder Auferstehung, beides bildhafte Ausdrücke für eine nicht vorstellbare Wirklichkeit. Vielmehr bedeutet der Osterglaube: *Jesus* lebt, und zwar durch und mit Gott. Er ist Zeichen der Hoffnung und Verpflichtung für uns. Auferweckung meint positiv: *Jesus* ist im Tod in eine unfaßbare allerletzte Wirklichkeit hineingestorben. Glaubend traue ich diesem Gott alles zu, auch die Überwindung des Todes!

Der Mensch sah sich zu allen Zeiten von Gefahren bedroht. Heute sind dies Hochrüstung, Arbeitslosigkeit, Armut sowie die Umweltzerstörung mit ihren vielfältigen Auswirkungen auf die Ozonschicht, auf Luft, Wasser, Wälder und die menschliche Gesundheit. Der Mensch müßte darüber verzweifeln, und viele resignieren deswegen. Andere tragen eine Hoffnung auf Veränderbarkeit in sich. Sie treten für Verbesserungen ein, engagieren sich und demonstrieren sogar.

Diese Hoffnung auf Verbesserung, auf Fortschritt, darauf, daß sich das Gute durchsetzen möge, ist und gibt uns Gott. Sie ist Teil der Botschaft *Jesu* an uns Christen.

Ob bewußt oder unbewußt – ohne diese Hoffnung müßten die Menschen verzweifeln. Sie würden ihre Aktivität verlieren und krank werden. Dort, wo es keine Hoffnung mehr gibt, entsteht Krankheit, heute längst als psychosomatische Erkrankung anerkannt.

Nicht die bedrohliche Umwelt oder ein schweres Lebensschicksal führen zur psychosomatischen Erkrankung, sondern Fehlen oder Verlust des Glaubens an Sinn und Ziel des Lebens.

Friedenspolitik

Das Rote Kreuz

Die Entstehung des Roten Kreuzes ist eng verbunden mit dem Namen *J. Henry Dunant.* Er gilt als Gründer des Roten Kreuzes und als Urheber der Genfer Konvention.

Henry Dunant wurde am 8. Mai 1828 in Genf in der Rue Verdaine 12 geboren. Sein Vater, *Jean Jacques Dunant*, und seine Mutter, *Ann-Antoinette*, eine geborene *Colladons*, stammten aus angesehenen Genfer Familien. Der Vater war ein fleißiger, erfolgreicher Kaufmann, der ein großes Vermögen zusammentragen konnte. *Henry Dunant* hatte noch vier Geschwister. Die Kinder wurden in christlicher Frömmigkeit erzogen. Die Mutter nahm die Kinder mit in die Armenviertel von Genf. Sie besuchte regelmäßig notleidende Familien und Kranke. *Henry Dunant* setzte diese Familientradition fort. Er besuchte Hungernde und Kranke, hielt Vorträge in Gefängnissen und spendete Hilfe und Trost. Im Alter von 21 Jahren engagierte er sich für die Young Men's Christian Associations. Zur Entwicklung dieser heute weltweiten Vereinigung hat er wesentlich beigetragen. Im Jahre 1848 versammelte er junge Menschen um sich. Es wurden biblische Studien betrieben und soziale Hilfen geleistet. In Deutschland ging daraus 1883 der Christliche Verein junger Männer hervor.

Als Kaufmann gelangte er nach Nordafrika und veröffentliche zwei Bücher, in denen er die Sklaverei in den Vereinigten Staaten von Amerika verurteilte.

Ein wichtiges Jahr für die Entstehungsgeschichte des Roten Kreuzes und im Leben *Henry Dunants* wurde 1859. In diesem Jahr fand am 24. Juni die Schlacht von Solferino statt.

Der Geschäftsmann *Henry Dunant* reiste von Genf nach Oberitalien, um Kaiser *Napoleon III.* zu treffen, der dort die französischen Truppen im Krieg gegen Österreich befehligte. Dunant hatte Sorgen wegen seiner Geschäfte in Algier und hoffte auf Unterstützung durch den Kaiser.

In der frühen Morgendämmerung des 24. Juni 1859 erreichte *Henry Dunant* seinen Beobachtungsposten in der Nähe des Dorfes Solferino südlich vom Gardasee. Was er an diesem Tag der Schlacht und den darauffolgenden Tagen erlebte, hat er in seinem Buch „Un Souvenir de Solferino" (1862) eindringlich geschildert:

„An jenem 24. Juni standen sich 300.000 Menschen gegenüber. Die Schlachtlinie hatte eine Länge von fünf Kilometern, und es wurde 15 Stunden lang gekämpft. Die österreichische Armee hatte nach einem langen Nachtmarsch nur eine doppelte Ration Schnaps erhalten. Die französischen Truppen hatten nur ihren Morgenkaffee eingenommen."

Auf 23 Seiten schilderte *Dunant* das Riesengemetzel: „Innerhalb von 15 Stunden kamen 40.000 Menschen zu Tode. Von den Verwundeten starben weitere 40.000 qualvoll in den nächsten zwei Monaten. Es ist ein Kampf Mann gegen Mann, ein entsetzlicher, schrecklicher Kampf. Österreicher und alliierte Soldaten treten sich gegenseitig unter die Füße, machen einander mit Kolbenschlägen nieder, zerschmettern dem Gegner den Schädel, schlitzen einer dem anderen mit Säbel oder Bajonett den Bauch auf. Es gibt kein Pardon ...

Gegen Abend, als die ersten Schatten der Dämmerung sich über die weite Schlachtstätte breiteten, suchte so mancher Offizier, mancher Soldat nach seinem Kameraden. Fand er einen Bekannten, kniete er bei ihm nieder, suchte ihn wiederzubeleben, drückte ihm die Hand, stillte sein Blut oder verband ihm mit dem Taschentuch das zerschmetterte Glied. Nur Wasser konnte er für den Verwundeten nicht herbeischaffen ...

In der Stille der Nacht hört man Stöhnen, erstickte Angst- und Schmerzensschreie, herzzerreißende Hilferufe. Wer könnte jemals die Todeskämpfe dieser schrecklichen Nacht beschreiben! ...

Am nächsten Morgen wurden behelfsmäßige Verbandsplätze eingerichtet. Die Ärzte zeigten unermüdliche Hingabe. Zwei mußten so viele Amputationen vornehmen, daß sie ohnmächtig wurden ...

Während einer Schlacht bezeichnete eine schwarze Fahne die Verbandsplätze. Auf Grund gegenseitiger Übereinkunft wurde darauf nicht geschossen. Trotzdem schlagen auch dort zuweilen Bomben ein ...

Die unglücklichen Verwundeten, die man tagsüber einsammelt, sind bleichfahl und verstört. Wer diesen Schauplatz der Kämpfe vom vorigen Tag durchwandert, trifft bei jedem Schritt und inmitten einer Verwirrung ohnegleichen unaussprechliche Verzweiflung und entsetzliches Elend ...

Lange Züge von Wagen verstopfen die Straßen nach Castiglione [der nächsten Stadt]. Die ganze Stadt verwandelte sich in ein behelfsmäßiges Lazarett. Die Transportmittel waren im Verhältnis zur erschreckenden Anzahl von Verwundeten völlig unzureichend. Es treffen so viele Verwundete in Castiglione ein, und man ist auf keine Weise mehr fähig, diesem Elend entgegenzutreten. Es fehlt an Händen, um sie auf die Wunden zu legen."

Das Elend und die Hilfe, die *Dunant* zwei Wochen lang mitzuorganisieren versucht hat, sind auf 60 Seiten des Buches geschildert. Schließlich fragte er: „Gibt es während einer Zeit der Ruhe und des Friedens kein Mittel, um Hilfsorganisationen zu gründen, deren Ziel es sein müßte, die Verwundeten in Kriegszeiten durch begeisterte, aufopfernde Freiwillige pflegen zu lassen?"

Er verwies auf Beispiele seiner Zeit. „Großfürstin Pawlowna verließ Petersburg mit 300 Damen, um während des Krimkrieges in den Spitälern der Krim Dienst zu tun. Auf die andere Seite reiste Miß *Florence Nightingale* 1854 mit 37 englischen Damen, um die Pflege der britischen Soldaten zu übernehmen." Es handelte sich um zwei freiwillige Schwesternorganisationen, die auf russischer und englischer Seite die Verletzten pflegten. *Dunant* wies darauf hin, daß Hilfe noch wirkungsvoller hätte geleistet werden können, wenn nach dem Krimkrieg ebenso wie nach der Schlacht bei Solferino die freiwilligen Helfer von einem gut organisierten Hilfswerk geleitet worden wären.

Auf den anschließenden zehn Seiten begründete *Henry Dunant* eindringlich die Notwendigkeit eines solchen internationalen Hilfswerks. Das Stichwort war „Tutti fratelli" – „Alle sind Brüder".

Sein Buch „Eine Erinnerung an Solferino" wurde in elf Sprachen übersetzt und hatte 13 Auflagen. Die ersten Exemplare wurden an die wichtigsten Persönlichkeiten der europäischen Fürstenhäuser gesandt und fanden eine positive Resonanz.

Die Genfer Gemeinnützige Gesellschaft setzte 1863 einen Ausschuß ein, der die von *Dunant* aufgeworfenen Probleme untersuchen sollte. Dieser Ausschuß ging in die Geschichte des Roten Kreuzes als das „Komitee der Fünf" ein. Ihm gehörten *Henry Dunant*, der Präsident der Gemeinnützigen Gesellschaft, *G. Moynier*, General *Dufour* und die Ärzte Dr. *Maunoir* und Dr. Appia an. Diese fünf Schweizer bildeten das erste Internationale Komitee vom Roten Kreuz, das seitdem die internationale Dachorganisation des Roten Kreuzes ist. Schließlich fand am 26. Oktober 1863 in Genf die „Erste Internationale Konferenz" statt zur Beratung von Mitteln, mit denen man dem Sanitätsdienst im Feld zu Hilfe kommen könnte. Die Beratungen leitete *G. Moynier*. Er sagte: „Zweifellos wünschen wir ebensosehr und noch mehr als irgend jemand sonst auf der Welt, daß die Menschen aufhören möchten, sich gegenseitig umzubringen. Ich kann nicht einsehen, wieso unser Versuch geeignet sein sollte, das Morgenrot jener Friedenszeit, die wir vorausahnen, zu verzögern. Indem wir Hilfeleistungen für die Verwundeten organisieren, den Völkern in warmherzigen Aufrufen ihr Elend schildern und um unserer Sache willen das beklagenswerte Schauspiel eines Schlachtfeldes offen zeigen, indem wir die furchtbare Wirklichkeit des Krieges enthüllen und so im Namen der Nächstenliebe frei aussprechen, was zu verdecken die Staatskunst oft für gut hält, werden wir mehr für die Abrüstung der Völker tun als diejenigen, die sich auf ökonomische Gründe stützen oder auf die leeren Deklamationen einer unfruchtbaren Sentimentalität."

Das Komitee schlug folgendes vor:

1. Jede Regierung in Europa geruht, ihren besonderen Schutz und ih-

re Gönnerschaft dem in jeder Hauptstadt Europas zu bildenden Generalkomitee zuzubilligen.

2. Dieselben Regierungen erklären, daß künftig das militärische Arztpersonal und diejenigen, die von ihm abhängen, einschließlich der freiwilligen Helfer, durch die kriegführenden Mächte als neutrale Personen angesehen werden.

3. Im Kriegsfall verpflichten sich die Regierungen, den Transport von Personal und mildtätigen Gaben in die vom Krieg betroffenen Länder zu erleichtern.

Am 8. August 1864 trat die Konferenz im Rathaus der Stadt Genf zusammen, um die „Genfer Konvention" zu beschließen. Folgende 16 Staaten waren dabei vertreten und unterschrieben am 22. August 1864:

Baden, Belgien, Dänemark, Frankreich, Großbritannien, Hessen-Darmstadt, Italien, Niederlande, Portugal, Preußen, Sachsen, Schweden-Norwegen, Schweiz, Spanien, Vereinigte Staaten und Württemberg.

Es handelte sich um neun Artikel, die die Linderung des Loses der im Felddienst verwundeten Militärpersonen betreffen. Lazarette und deren Personal unterliegen dem Schutz der Neutralität. Bewohner, die den Verwundeten zu Hilfe kommen, sollen geschont werden und frei bleiben. Die Fahne und die Armbinde sollen ein rotes Kreuz auf weißem Grund tragen. Neben der Fahne muß unbedingt die Nationalflagge aufgepflanzt werden.

In den Jahren 1867/1868 kam es zum wirtschaftlichen Zusammenbruch *Henry Dunants*. Er muß enorme Schulden gemacht haben und wurde gerichtlich verurteilt sowie vom „Internationalen Komitee des Roten Kreuzes" ausgeschlossen.

Am 10. Dezember 1901 erhielt er den ersten Friedens-Nobelpreis, zusammen mit dem Franzosen *Frédéric Passy*.

Der Erste Weltkrieg wurde für das Rote Kreuz zur größten Herausforderung. Die Hospitäler reichten kaum aus, um die Opfer des Krieges zu versorgen. Das IKRK hatte an alle kriegführenden Staaten appelliert, auf den Einsatz von chemischen Waffen zu verzichten, vergeblich! Frankreich und Deutschland setzten Gas als neue schreckliche Waffe ein.

Am 27. Juli 1929 wurde ein erweitertes Genfer Abkommen zur Verbesserung des Loses der Verwundeten und Kranken der Heere im Felde abgeschlossen. 45 Länder haben es unterzeichnet: alle westeuropäischen Staaten sowie Bulgarien, Ungarn, Polen, Rumänien, Tschechoslowakei, USA, Persien und Indien sowie zahlreiche weitere Staaten. In 39 Artikeln wurden die Ziele des ersten Abkommens noch ausführlicher festgelegt.

Außerdem kam ein Abkommen über die Behandlung von Kriegsgefangenen zustande, das von den meisten obigen Staaten ebenfalls unterzeichnet wurde. Es sind darin festgelegt: Rückführung von Kriegsgefangenen, Einrichtung von Kriegsgefangenenlagern, Ernährung und Bekleidung, Gesundheitspflege in den Lagern, geistige Bedürfnisse, Geldmittel. Die Kriegführenden können die gesunden Kriegsgefangenen, ausgenommen Offiziere und Gleichgestellte, als Arbeiter verwenden; Beziehungen zur Außenwelt, Bestrafungen und weitere Einzelheiten wurden in 97 Artikeln vereinbart.

Das IKRK führte während des Zweiten Weltkrieges 11.000 Besuche in Kriegsgefangenen- und Ziviliternierungslagern durch. Es versorgte die Zivilbevölkerung mit Hilfsgütern im Wert von 500 Mio. Schweizer Franken. Wie bereits im Ersten Weltkrieg, richtete das IKRK in Genf eine Auskunftsstelle ein, um Informationen über gefangene Militärpersonen weiterzuleiten. Nach dem Krieg führte das Komitee 100.000 Familien zusammen, die durch den Krieg auseinandergerissen worden waren.

Im Jahre 1981 hat das IKRK den Genfer Zeithistoriker und heutigen Rektor der Universität Genf, *Jean-Claude Favez*, beauftragt, sich mit den Ereignissen im Zweiten Weltkrieg zu beschäftigen. Er erhielt als erster Forscher unbeschränkten Zugang zum Archivmaterial des Roten Kreuzes aus der Zeit des „Dritten Reiches“. Zum einhundertfünfundzwanzigjährigen Jubiläum des Roten Kreuzes hat er seine Ergebnisse veröffentlicht. Favez und seine Mitarbeiter fanden eine Menge an Informationen, die dem IKRK über Deportationen und Massaker vorlagen. Im Jahre 1942 bestanden genaue Kenntnisse über Massenhinrichtungen und den Plan zur Auflösung des jüdischen Volkes. Spätestens im Sommer 1942, als französische und belgische Juden, die oft nahe Angehörige in der Schweiz hatten, nach Auschwitz deportiert worden sind, mußte das IKRK Bescheid wissen. Warum schwieg das IKRK? Bestand kein Interesse an der Rettung der Juden? Hätten nicht Tausende von Juden gerettet werden können, wenn das IKRK mit einem Appell an die Weltöffentlichkeit getreten wäre? Das IKRK hätte von seinem weltweiten Ansehen und Einfluß Gebrauch machen müssen. Es befand sich auf neutralem Boden und nicht in Reichweite der deutschen Machthaber. Professor Favez urteilt: „Das IKRK, das seine Macht auf die moralische Autorität stützt, hat es nicht gewagt, diese wahrzunehmen und gegenüber dem Dritten Reich Risiken einzugehen.“ Das IKRK hat sich um seine Glaubwürdigkeit gebracht. Dabei setzten sich einzelne Delegierte mit allen Kräften ein. *De Bavier* sandte zahlreiche Briefe aus Ungarn nach Genf, um den 800.000 ungarischen Juden zu helfen. Schließlich hielt er es für seine Pflicht, den damaligen Präsidenten des IKRK *Max Huber* aufzufordern, Hitler aufzusuchen. *Huber* tat dies nicht. Von April 1944 an wurden 400.000 ungarische Juden nach Auschwitz verschleppt und dort zum größten Teil ermordet. Insbesondere in den Ländern Ungarn, Slowakei, Kroatien, Bulgarien und Rumänien hatte das IKRK Delegierte. Es läßt sich nicht rechtfertigen, daß diese von Genf angewiesen wurden, äußerste Zurückhaltung zu üben. Vielmehr hätte das IKRK alle Hebel in Bewegung setzen müssen, um den Verbrechen an den Juden Einhalt zu gebieten!

Die Bundesrepublik Deutschland ist Vertragspartner der vier Genfer Rotkreuzabkommen vom 12.8.1949:

1. Zur Verbesserung des Loses der Verwundeten und Kranken der Streitkräfte im Feld.
2. Entsprechend zur See.
3. Über die Behandlung der Kriegsgefangenen.
4. Zum Schutze von Zivilpersonen in Kriegszeiten.

Die Bundesrepublik Deutschland hat an der Schaffung der zwei Zusatzprotokolle von 1977 mitgewirkt und diese 1990/1991 ratifiziert. Diese Maßnahmen und Forderungen umfassen u.a. das Verbot,

– Waffen, Geschosse sowie Methoden zu verwenden, die überflüssige Verletzungen oder Leiden verursachen;

– Mittel der Kriegsführung zu verwenden, die ausgedehnte, langanhaltende und schwere Schäden der natürlichen Umwelt verursachen;

– Angriffe auf Nahrungsmittel, Ernte, Vieh, Trinkwasser, Kulturgut, Staudämme, Kernkraftwerke.

Protokoll zwei stellt Regeln für den Fall eines Bürgerkrieges auf.

Das IKRK verlangt von seinen Mitarbeitern absolute Diskretion: „Wir sagen, was wir tun. Wir sagen nicht, was wir sehen."

In seiner Eröffnungsrede zur Ersten Internationalen Konferenz sagte *G. Moynier*, „das Rote Kreuz wirke für den Frieden, wenn es das beklagenswerte Schlachtfeld eines Krieges offen zeige und die furchtbare Wirklichkeit des Krieges enthülle". Der Inhalt dieser Aussage sollte auch heute einen wesentlichen Teil der Arbeit des Roten Kreuzes einnehmen. Nach unserem heutigen Rechtsverständnis macht sich mitschuldig, wer zu offensichtlichem Unrecht schweigt. In Zeiten von Kriegen und Bürgerkriegen wird gegen Menschlichkeit und Völkerrecht häufiger und leichtfertiger verstoßen. Niemand darf dann daran gehindert werden, sein Wissen über Verbrechen an die Öffentlichkeit zu bringen. Was wir in unserem Rechtsstaat von jedem verantwortlichen Bürger erwarten, das verlangen wir erst recht von einer internationalen humanitären Organisation wie dem Roten Kreuz.

Die Weiße Rose

Die Mitglieder der Weißen Rose waren Studenten der Medizin, der Biologie, der Chemie und einige Ärzte. 1942 und 1943 verteilten sie sechs Flugblätter mit insgesamt 13 Seiten. Sie protestierten gegen Menschenverachtung und -vernichtung. Ein Flugblatt begann mit dem Satz: „Wir müssen das Böse angreifen, wo es am mächtigsten ist. Verbergt nicht Eure Feigheit unter dem Mantel der Klugheit ..."

Hingerichtet wurden deswegen *Willi Graf, Christoph Probst, Alexander Schmorell,* zusammen mit Professor *Kurt Huber* von der Universität München.

Tausende sahen in München am Morgen des 3. Februar 1943 die Anschriften an Häusern und Straßen: „Freiheit", „*Hitler*, der Massenmörder" und „Nieder mit *Hitler*". Am 18. Februar 1943 entdeckte und denunzierte der Hausmeister der Universität München zwei Studenten, die Flugblätter in den Lichthof warfen: *Hans Scholl*, Student der Medizin im achten Semester, und seine Schwester *Sophie Scholl*, Studentin der Biologie. Vier Tage später verurteilte der Volksgerichtshof unter dem Vorsitz des Präsidenten *Roland Freisler* beide Studenten zum Tode durch das Fallbeil. Die Diktatur schlug brutal zu. Der Aufstand der Jugend für die Freiheit hatte für Unruhe bis in die höchste Führung gesorgt.

Willi Grafs Schwester *Anneliese Knoop-Graf* und *Inge Jens* haben 1988 Briefe und Aufzeichnungen *Willi Grafs* in einem Buch veröffentlicht. Geboren am 2. Januar 1918 wuchs er in Saarbrücken auf. Er wurde geprägt von der katholischen Jugendbewegung. Als Medizinstudent in München trat er in den Kreis der „Weißen Rose". Mit *Hans Scholl* und *Alexander Schmorell* teilte er das Erleben des Rußlandfeldzuges. Als Hilfsarzt mußte er eine Feldfamulatur in Rußland absolvieren. Er registrierte die Verwüstungen und die verachtende Behandlung der Bevölkerung durch die Besetzer. Trotz strengen Verbotes fand er Kontakt zur russischen Bevölkerung. Ein russisches Mädchen, das deutsch sprach, brachte ihm etwas Russisch bei und erzählte ihm, wie groß die Wut über die Deutschen sei.

Bei dem Überfall der deutschen Wehrmacht am 22. Juni 1941 auf die Sowjetunion handelte es sich um einen Angriffskrieg. Dabei wurde das Völkerrecht eklatant gebrochen. Das Deutsche Reich hatte den Briand-Kellog-Pakt von 1928 ratifiziert, der jeden Angriffskrieg verbot. *Hitler* und *Stalin* hatten am 23. August 1939 einen speziellen Nichtangriffspakt geschlossen und im September 1939 einen Freundschaftsvertrag abgeschlossen. Die Kriegsführung erfolgte äußerst brutal. Es wurden etwa tausend bis zweitausend Politkommissare der Roten Armee liquidiert; mehrere hunderttausend zivile kommunistische Funktionäre wurden ermordet; viele hunderttausend Sowjetbürger wurden als Partisanenverdächtige, als Geiseln oder Freischärler erschossen. Es wurden etwa zwei Millionen jüdische Sowjetbürger ermordet, außerdem Zigeuner und Geisteskranke. Zu der schweren Last des deutschen Krieges gegen die Sowjetunion gehört auch das Massensterben kriegsgefangener Rotarmisten in deutscher Gefangenschaft. Von den etwa 5,7 Mio. gefangengenommenen Sowjetsoldaten starben mehr als die Hälfte, 3,3 Millionen.

Unter den politischen Verhältnissen damals in Deutschland war es äußerst mutig, was *Willi Graf* getan hat. Zum Jahreswechsel 1942/43 versuchte *Willi Graf*, alte Freunde als Helfer und Unterstützer zu gewinnen. Er gab einen Vervielfältigungsapparat weiter und verteilte zusammen mit anderen Oppositionellen das fünfte Flugblatt der Weißen Rose. Er pinselte an die Häuser der Münchner Innenstadt Parolen gegen die Diktatur und beteiligte sich an der Herstellung des sechsten Flugblattes. Nach seiner Verhaftung verteidigte er sich geschickt, ohne seine Freunde zu verraten.

Die Internationalen Ärzte zur Verhütung des Atomkrieges

Seit über vierzig Jahren ist Europa von militärischen Konflikten verschont geblieben. Bei den Völkern West- und Osteuropas hat sich eine neue Ebene zwischenmenschlicher Beziehungen entwickelt. Während die Großmächte USA und UdSSR immer mehr Vernichtungswaffen in Europa anhäuften, setzte sich bei den Menschen das Bewußtsein durch, daß Krieg in Europa nicht mehr ein Mittel politischer Auseinandersetzung sein darf.

Gleichzeitig hat der Westen, insbesondere die Vereinigten Staaten von Amerika, den Ländern des Warschauer Paktes diesen Friedenswillen abgesprochen. Noch 1983 schrieb General *D. F. J. Schulze* im Vorwort des Buches „Sowjetische Militärstrategie in Europa“: „Die in der Verfassung niedergelegte ideologische Maxime vom Kampf für den Sieg des Kommunismus bestimmt die sowjetische Militärdoktrin. Nach der Leninschen Auslegung der Lehre *von Clausewitz*, daß der Krieg Teil eines Ganzen ist und dieses Ganze ist die Politik, sind die Grundsätze des Kampfes für die Politik wie für die Streitkräfte grundsätzlich gleich.“ In demselben Buch schreibt zum Geleit The Under Secretary of Defence, Dr. *Fred C. Iklè*: „Es ist ein verblüffendes Phänomen, daß die Sowjetunion öffentlich erklärt, die Aufstellung von SS-20-Raketen in Europa einzufrieren, um dieses Versprechen anschließend umgehend zu verletzen; daß die Sowjetunion es fertigbringt, ihre enorme offensive militärische Aufrüstung fortzusetzen – die umfassendste irgendeiner Nation der Geschichte –, und trotzdem eine überraschend erfolgreiche Kampagne mit dem Ziel durchführen kann, sich in der Weltmeinung als der Verfechter der Rüstungskontrolle und der Abrüstung sowie als Gegner des Wettrüstens darzustellen."

In seinem Buch „Perestroika - Die zweite russische Revolution" schreibt Gorbatschow: „Wovor haben Sie Angst, meine Herren? Ist es so schwer, die tatsächlichen historischen Prozesse, die sich in der Sowjetunion und in der gesamten sozialistischen Welt vollziehen, auf der Ebene der Realität einzuschätzen? Verstehen Sie denn den konkreten, unverbrüchlichen Zusammenhang zwischen diesen Prozessen und den wirklich guten Absichten unserer Außenpolitik nicht?" Und weiter: „Es ist höchste Zeit, mit den Lügen über die Aggressivität der Sowjetunion Schluß zu machen. Unser Land wird niemals, unter welchen Umständen auch immer, militärisch gegen Westeuropa vorgehen, es sei denn, wir und unsere Verbündeten werden von der NATO angegriffen! Ich wiederhole – niemals!"

Dem Frieden in Europa ist am besten gedient, wenn wir die Gelegenheit zu einer umfassenden Abrüstung nutzen. Nach zwei entsetzlichen Weltkriegen, deren Hauptkriegsschauplätze in Europa lagen, ergibt sich die großartige Chance, Geist und Geld unserer Völker nicht mehr in Waffen zu investieren, die nur der gegenseitigen Vernichtung dienen können, sondern unsere Kräfte den neuen Aufgaben zu widmen, die sich aus der Bedrohung unserer Umwelt, der Arbeitslosigkeit und dem Hunger in der Dritten Welt ergeben.

Die letzten Jahre sowjetischer Außenpolitik lassen keinen Zweifel an der Glaubwürdigkeit der Aussagen Gorbatschows zu. Wer im Sinne der christlichen Botschaft und insbesondere der Bergpredigt leben will, wem das Christentum etwas bedeutet, der muß bereit sein, dieser Aussage friedlicher Absichten zu vertrauen. Leider fällt es unserer Bundesregierung schwer, diese Entwicklung mitzuvollziehen. Nachdem die Mittelstreckenwaffen in Europa abgebaut wurden, möchte die Bundesregierung die konventionelle Rüstung vermehren. Milliarden werden beispielsweise für die Entwicklung neuer Kampfflugzeuge ausgegeben.

Hier soll nicht ein bedingungsloser Pazifismus gefordert werden. Die Menschenrechte wie Redefreiheit, Versammlungsfreiheit, Bewegungsfreiheit und das Recht auf körperliche Unversehrtheit sind höchstes Gut unserer Demokratie. Sie werden in Diktaturen wie China bis heute den Menschen vorenthalten. Am 10. November 1989 öffnete die DDR ihre Grenzen. 28 Jahre nach dem Bau der „Mauer" durften ihre Bürger frei reisen oder das Land verlassen. In allen Staaten des ehemaligen Warschauer Paktes hat ein Demokratisierungsprozeß begonnen. Wir hoffen, daß diese Entwicklung anhält und fortschreitet.

Die westlichen Regierungen vertraten bisher die These, nur durch eigene Aufrüstung die Sowjetunion zur Abrüstung bewegen zu können. Die Abrüstungsinitiative geht im Westen von der Friedensbewegung aus. Sie hat sich in zahlreichen Organisationen entwickelt. Diese gehen hervor aus den christlichen Kirchen, den Gewerkschaften, politischen Parteien und anderen Gruppen, die jährlich bei den Ostermärschen gemeinsam auftreten.

Ziemlich genau 100 Jahre nach der Gründung des Roten Kreuzes organisierte sich in Boston eine Gruppe von Ärzten unter dem Namen „Ärzte für soziale Verantwortung“. 1962 veröffentlichten sie im 'New England Journal of Medicine' eine Arbeit, die die Probleme eines Atomkrieges und seiner medizinischen Konsequenzen zum Inhalt hatte. Vorausgegangen waren die gefährlichen Konflikte zwischen den Supermächten USA und UdSSR: Am 13. August 1961 errichtete die ostdeutsche Regierung eine Mauer, um Ost- von Westberlin zu trennen. Am 22. Oktober 1962 beschuldigten die USA die UdSSR, offensive Raketenbasen in Kuba zu errichten, und veranlaßten eine Art Schiffsblockade.

Die Veröffentlichungen obiger Ärzte trugen dazu bei, das Bewußtsein der Politiker für die Gefahren eines Atomkrieges zu schärfen. 1963 wurde das Abkommen über den „heißen Draht“ getroffen, eine direkte Telefonverbindung zwischen Moskau und Washington. Ebenfalls 1963 wurde der Atomsperrvertrag unterzeichnet, der Atombombenversuche in der Atmosphäre, im Weltraum und unter Wasser untersagte.

Es begann ein Zeitraum relativ friedlicher Koexistenz zwischen West und Ost mit Respektierung der jeweiligen beherrschten Gebiete auf der Grundlage der gegenseitigen atomaren Bedrohung.

Ende der siebziger Jahre erwachte das öffentliche Bewußtsein erneut für die von der atomaren Hochrüstung ausgehenden Gefahren. Europa wurde in die gegenseitige atomare Bedrohung mit einbezogen. Die Sowjetunion stellte atomare Mittelstreckenraketen auf und bedrohte die europäischen Verbündeten der NATO. Im Gegenzug kam es zum Nachrüstungsbeschluß der NATO sowie zur Stationierung der Pershing-2-Raketen und Cruise-Missiles in Europa.

1980 gründete sich in Genf die Dachorganisation der IPPNW, International Physicians to prevent nuclear war (Internationale Ärztevereinigung zur Verhütung des Atomkrieges). Daran wesentlich beteiligt waren die Ärzte Dr. *Helen Caldicott,* Dr. *Bernhard Lown* und Dr. *Ergneni Chazov.*

Die Ziele der IPPNW sind aus der Satzung der bundesrepublikanischen Organisation ersichtlich. Der Verein dient „a) dazu, beizutragen, Kenntnisse und Wissen insbesondere über die medizinischen Folgen eines Atomkrieges zu erwerben, zu verbreiten und darüber aufzuklären. Er soll außerdem alle ihm möglichen Aktivitäten zur Verhinderung eines Atomkrieges entwickeln. Zu diesem Zweck beschäftigt sich der Verein mit den Auswirkungen der Nutzung der Atomenergie im militärischen und – wegen der Gefahr der Plutoniumproliferation – im zivilen Bereich.

Der Verein behandelt die Zusammenhänge zwischen atomarer Rüstung und anderen Massenvernichtungsmitteln sowie der Plutoniumwirtschaft. Er unterstützt und betreibt selbst einschlägige Untersuchungen. Er klärt die Öffentlichkeit über die Gefahren für Mensch und Umwelt auf, läßt den durch radioaktive Strahlung Geschädigten Hilfe zukommen und leitet Schritte zur Abstellung der Gefahren ein.

Um das gesellschaftliche Verständnis für diese Ziele zu fördern, setzt der Verein sich für Abrüstung, Völkerverständigung, Gerechtigkeit, Humanität und Ökologie ein.

b) dazu, seine Ziele durch öffentliche Veranstaltungen, Benefizkonzerte, Sammlungen, Publikationen, Aktionen, Symposien und Kongresse sowie Hilfsprogramme und die Förderung von Wissenschaft und Forschung zu verwirklichen.

c) zur Zusammenarbeit mit Einzelpersonen, Gruppen und Initiativen, Organisationen, Bewegungen und medizinischen und wissenschaftlichen Gesellschaften, die mit Zielen nach §2, Abs. 1a übereinstimmen.

d) zur Pflege der Kooperation mit der Organisation ‚International Physicians for the Prevention of Nuclear War (IPPNW)' und mit allen Organisationen und Bewegungen, die die Ziele wie in §2, Abs. 1a vertreten."

Die bundesrepublikanische Sektion mit dem Namen DEUTSCHE SEKTION DER INTERNATIONALEN ÄRZTE FÜR DIE VERHÜTUNG DES ATOMKRIEGES, ÄRZTE IN SOZIALER VERANTWORTUNG e.V. wird von angesehenen integren Persönlichkeiten geleitet. Besonders hervorzuheben sind Prof. Dr. *Ulrich Gottstein*, Frankfurt/Main und Prof. Dr. Dr. *Horst Eberhard* Richter, Gießen.

1984 erhielt die IPPNW den Friedenspreis der Unesco und ein Jahr später den Friedens-Nobelpreis. Weltweit hat die IPPNW heute über 140.000 Mitglieder, und die bundesrepublikanische Sektion ist auf über 8.400 Mitglieder angewachsen.

Ein wesentlicher Erfolg der internationalen Friedensbemühungen ist sicher der Entschluß der Supermächte gewesen, die Mittelstreckenwaffen in Europa abzubauen. Daß es sich dabei um einen wichtigen Schritt handelt, der zu weiteren Abrüstungsbemühungen führen muß, ist die Überzeugung von uns Ärzten der IPPNW!

Am 6. August 1945 wurde die japanische Stadt Hiroshima und zwei Tage später die japanische Stadt Nagasaki durch Atombomben zerstört. Hunderttausende von Menschen kamen dabei elend zu Tode. Die Sprengkraft der Bombe über Hiroshima betrug zwölf Kilotonnen, und die über Nagasaki hatte 22 Kilotonnen TNT.

Eine Megatonne entspricht 1.000 Kilotonnen. Die gesamte Zerstörungskraft des Zweiten Weltkrieges betrug drei Megatonnen. Damit wurden allein in Deutschland die Städte Berlin, Dresden, Hamburg, München, Nürnberg und andere in Schutt und Asche gelegt und über 400.000 Zivilpersonen getötet. Die Atomwaffenmächte USA, UdSSR, Großbritannien, Frankreich und China verfügen heute über etwa 50.000 Atomwaffen mit 18.000 Megatonnen Zerstörungskraft. Ein US-Poseidon-Unterseeboot hat eine Feuerkraft von neun Megatonnen. Die USA verfügten Ende 1986 über 31 derartige Boote. Über Atomwaffen verfügen auch die Länder Indien, Israel, Pakistan und möglicherweise Südafrika. Im geeinten Deutschland findet sich die höchste Atomwaffendichte der Welt mit rund 3400 Atomsprengköpfen. In der Bundesrepublik sind diese Waffen auf 70 Standorte verteilt.

Bei einer Atombombenexplosion mit einer Megatonne Sprengkraft kommt es zu folgenden Auswirkungen: Im Umkreis von 1,5 km wird alles zerstört; im Umkreis von 3 km verdampft Metall, Glas schmilzt, der Asphalt kocht; im Umkreis von 7 km ist Überleben völlig unmöglich, auch im Atombunker. Bis zu einem Umkreis von 16 km entsteht ein gigantisches Großfeuer, dem nur wenige entfliehen können. Wer der Hölle des Lichtblitzes, der Druckwelle und dem Feuer entgeht, wird der radioaktiven Wolke ausgesetzt, deren schreckliche Folgen im Kapitel über Kernenergie beschrieben werden.

Im Jahre 1985 berichtet die „Zeit" über die Klimakatastrophe nach einem Nuklearkrieg. Der Direktor des

Max-Planck-Institutes für Chemie in Mainz, *Paul Crutzen*, und der Amerikaner John Birks von der Universität von Colorado erstellten eine Studie über die Auswirkungen eines Atomkrieges. Bei einem Schlagabtausch von 5-10.000 Megatonnen sterben sofort 300 Millionen bis zu einer Milliarde Menschen. Eine etwa gleich große Zahl von Menschen erleidet ernste Verletzungen, die sofortiger – aber nicht vorhandener – ärztlicher Behandlung bedürfen. Es kommt zu riesigen Feuersbrünsten mit einer ungeheuren Rauchentwicklung. Industrielle Giftgase und die aus chemischen Waffen freiwerdenden Gifte vermischen sich mit der Wolke. Es dringt kaum noch Sonnenlicht zur Erde. Die Photosynthese bricht zusammen, die Nahrungskette wird unterbrochen. Die Ozonschicht wird reduziert, der Einfall von ultraviolettem Licht gesteigert. Überlebende würden erblinden, an Krebs erkranken und sterben.

Vor 25 Jahren sahen sich die NATO-Länder durch die sowjetische Panzerrüstung bedroht und entwickelten eine Verteidigungsstrategie, die die Sowjetunion nicht unter Druck setzen und doch wirksam von einem Einmarsch in Westeuropa abschrecken sollte. Es wurden Atomgranaten entwickelt, die von Kanonen verschossen werden können und eindringende Panzerarmeen vernichten sollen. In Kauf wurde dabei genommen, daß diese Atomgranaten auch unsere eigene Zivilbevölkerung auslöschen würden.

Nach der generellen Darstellung von IPPNW und atomarer Bedrohung schildere ich aus meinen lokalen Kenntnissen heraus die Situation bei Nürnberg. Auch die in der Nürnberger Südkaserne stationierten amerikanischen Panzerhaubitzen wurden mit Atomgranaten ausgestattet. Da jedoch die von der SPD regierte Stadt Nürnberg sich zur atomwaffenfreien Zone erklärt hatte, erfolgte die Lagerung in den Sondermunitionsbunkern der Muna zwischen Feucht und dem Nürnberger Ortsteil Fischbach-Moorenbrunn. In diesem amerikanischen Gelände befinden sich ein Hubschrauber-Ausbildungszentrum, eine Landebahn für große Militärflugzeuge und ein NATO-Lager.

Hochbrisant ist die Dreifachkombination Airfield – Tanklager – Munitionslager. Bei einem Flugzeugabsturz müßten die Gemeinde Feucht und die Stadt Nürnberg evakuiert werden. Pläne hierfür sind nicht bekannt.

Die Lagerung von Atomgranaten in der Muna Feucht war im Laufe der Jahre völlig in Vergessenheit geraten. Erst die Debatte um den Doppelbeschluß der NATO und die Aktivitäten der hiesigen Friedensbewegung haben uns bewußt werden lassen, daß sich in unserer unmittelbaren Nachbarschaft offenbar atomare Granaten befinden.

Da Notärzte und Rettungsdienst für die Versorgung der Bevölkerung und auch der Menschen im Munagebiet bei Unfällen verantwortlich sind, haben vier der Notärzte aus Feucht und Schwarzenbruck im Juli 1983 über die Kassenärztliche Vereinigung Mittelfrankens in Nürnberg und die Bayerische Landesärztekammer in München bei der bayerischen Staatskanzlei angefragt, ob sich in der Muna Feucht ABC-Waffen befinden. Bei einem Unfall kann nur konkret Hilfe geleistet werden, wenn bekannt ist, um welche Waffen und Gefahrstoffe es sich handelt. Selbstverständlich haben wir eine Antwort erhalten; diese blieb jedoch ohne konkrete Angaben und verweist auf die Zuständigkeit der Bundesregierung.

Im Juli 1986 haben wir unter anderen Fragen die Bundesregierung auch zur Muna in Feucht um Auskunft gebeten. In der Antwort des Bundeskanzleramtes vom 5. August 1986 wird hierzu auf die Zuständigkeit des Landes Bayern verwiesen.

Offensichtlich fühlen sich weder die Bundesregierung noch die bayerische Staatsregierung für dieses hochbrisante amerikanische Waffenlager in Feucht neben der Großstadt Nürnberg verantwortlich.

Befreiung von Gewaltandrohung

Rotes Kreuz, Weiße Rose und die Internationalen Ärzte zur Verhütung des Atomkrieges habe ich unter dem Begriff „Friedenspolitik“ in einem Kapitel beschrieben.

Warum habe ich diese drei Organisationen in einen Zusammenhang gesetzt – drei Bewegungen, die zu ganz verschiedenen Zeiten und aus unterschiedlichen Beweggründen entstanden sind? Sie verbindet das Bestreben, Not und Elend durch Krieg und Gewalt von uns Menschen abzuwenden oder wenigstens zu lindern. Sie erfüllen damit einen wichtigen Auftrag, ein Gebot der Menschlichkeit und handeln im Sinne dessen, was Jesus in der Bergpredigt lehrte. Sie erfüllen auch den ersten Satz im ärztlichen Gelöbnis, der verlangt, sein Leben in den Dienst der Menschlichkeit zu stellen.

Mit der Gründung des Roten Kreuzes wurde 1863 eine Organisation geschaffen, die das Los der Verwundeten der Schlachtfelder und der Kriegsgefangenen verbessern sollte. Zweifellos handelte es sich um einen Anfang zu mehr Menschlichkeit, wenn Herrscher ihre Soldaten nicht mehr in Kriege führen durften, ohne die Verletzten ausreichend medizinisch zu versorgen. Dunant konnte sich mit seiner Bewegung sicher auch deshalb durchsetzen, weil er nicht den Krieg an und für sich in Frage stellte. Er bezweifelte nicht das „Recht“ der Herrscher, Machtansprüche mit Gewalt durchzusetzen. Vielmehr schilderte er in seinem Buch „Eine Erinnerung an Solferino“ den heldenhaften Kampf der Fürsten zusammen mit ihren Soldaten. Er begeisterte sich sogar an der Darstellung von Tapferkeit und Heldenhaftigkeit. Die Frage, ob es sich dabei nicht um Mord und Totschlag handelte, stellte er nicht. Hätte er den Herrscheranspruch auf Anwendung von Krieg zur Verfolgung politischer Ziele in Zweifel gestellt, hätte sich seine Organisation nicht weltweit durchsetzen können.

Diese Anpassung an die bestehenden Verhältnisse erklärt auch, weshalb das Rote Kreuz gegen die Auswüchse der Hitlerherrschaft im Dritten Reich nicht zum weltweiten Protest aufrief.

Den Protest wagten die Mitglieder der Weißen Rose, Studenten der Naturwissenschaften, zu denen auch Medizinstudenten und Ärzte gehörten. Sie sind den nächsten Schritt gegangen. Sie haben das Recht der Herrschenden auf Gewalt gegenüber Kritikern im eigenen Land, den Machtmißbrauch gegenüber den Juden und den Völkermord durch Krieg angegriffen. Für sie trifft zu: „Glückselig sind die, die um der Gerechtigkeit willen Verfolgung leiden, denn ihrer ist das Königtum Gottes.“ *Hans Scholl*, seine Schwester *Sophie, Willi Graf* und die übrigen Mitglieder der Weißen Rose haben zweifellos dieses Gebot erfüllt. Sie haben für etwas gestritten, was uns heute selbstverständlich erscheint: das Recht auf freie Meinungsäußerung, auf Rechtsstaatlichkeit und körperliche Unversehrtheit eines jeden Bürgers.

Noch herrscht allerdings die Auffassung, daß die Androhung von Gewalt, die Androhung des atomaren Gegenschlages ein legitimes Mittel der Politik sei. Es herrscht sogar die Meinung, daß nur die Androhung des atomaren Gegenschlages den Frieden in Europa in den letzten 40 Jahren erhalten habe.

Hier setzen Arbeit und Ziele der Internationalen Ärzte zur Verhütung des Atomkrieges zusammen mit anderen Gruppen der Friedensbewegung an. Atomare, bakterielle, chemische und konventionelle Waffen sind die Mittel, mit deren Androhung heute Herrschaft ausgeübt wird. Sie bedrohen uns ebenso wie unsere Nachbarn und sind ein Mittel der Gewaltherrschaft nach außen. Frieden und Völkerverständigung können sich nur weiterentwickeln, wenn auch diese Form der Bedrohung im Rahmen internationaler Abrüstungsbemühungen beseitigt wird.

Ein erster Schritt in dieser Richtung ist der erfolgte Abbau der Mittelstreckenwaffen in Europa. Ein nächster Schritt könnte ein umfassendes Atomwaffentestverbot sein.

Unsere Bedenken gegen zivilen Luftschutz und Katastrophenschutz für den Verteidigungsfall rühren daher, daß damit der Bevölkerung ein Sicherheitsgefühl vermittelt wird, welches mit der Wirklichkeit im Krieg nichts zu tun hat.

Bisher in der Öffentlichkeit völlig unberücksichtigt erscheint mir folgender Sachverhalt: Viele Söhne unserer Lehrer, Ärzte, Pfarrer sowie anderer Schichten in der Bevölkerung verweigern zunehmend den Wehrdienst und leisten zivilen Ersatzdienst. Es handelt sich hier nicht um Drückeberger, sondern meist um junge Männer mit einem besonders entwickelten Verantwortungsbewußtsein. Ein wichtiger Grund für ihre Verweigerung scheint mir zu sein, daß sie die ungeheure Bedrohung, die von den Massenvernichtungswaffen ausgeht, als bedeutsamer ansehen als die Notwendigkeit der Verteidigung. Sie verweigern, um damit ihrem Protest gegen diese gigantische Bedrohung der Menschheit Ausdruck zu geben.

Der Abbau der atomaren Massenvernichtungswaffen, der natürlich mit dem Abbau der chemischen, bakteriologischen und konventionellen Waffen mit ihrem nicht weniger schrecklichen Vernichtungspotential einhergehen muß, wird es der Jugend eher ermöglichen, eine angemessene Verteidigung zu unterstützen. Ziel der Abrüstungsbemühungen muß es sein, eine beidseitige Nichtangriffsfähigkeit herzustellen!

Gesundheit

Der Mensch im Mittelpunkt ärztlichen Bemühens

Etwa seit 1965 genügt das Abitur nicht mehr, um zum Medizinstudium zugelassen zu werden. Der Numerus clausus verlangt ein ausgezeichnetes Abitur, Sonderprüfungen oder Geduld, um eine Zulassung zu erhalten.

Das Studium der Medizin umfaßt das theoretische Wissen des medizinisch-naturwissenschaftlichen Kenntnisstandes und dauert etwa sechs Jahre. Seine praktischen Kenntnisse erwirbt der Arzt anschließend in seiner Krankenhaustätigkeit unter der Leitung qualifizierter Ober- und Chefärzte. Diese Ausbildung zum hochqualifizierten Gebietsarzt dauert zwischen vier und sechs Jahren. Sie führt zum Allgemeinarzt, der für die hausärztliche Grundversorgung besonders spezialisiert ist, zum Internisten, Chirurgen, HNO-Arzt, Augenarzt, Hautarzt, Kinderarzt, Frauenarzt, Urologen und Orthopäden, um nur die wichtigsten Bereiche zu nennen.

Die Grundversorgung der Bevölkerung durch Allgemeinärzte wird heute durch hausärztlich tätige Kinderärzte, Frauenärzte und Internisten mitgetragen. Diese Kollegen verfügen gegenüber den Allgemeinärzten über das größere fachspezifische Wissen, andererseits können sie auf Grund ihrer Ausbildung nur fachspezifisch tätig sein.

Daneben läßt unser Kassensystem noch den praktischen Arzt zu, der in der Regel über eine kurze klinische Ausbildung verfügt, der aber ebenso wie der Allgemeinarzt sämtliche Leistungen der Grundversorgung erbringen und abrechnen darf. Ziel der Gesundheitspolitik müßte es sein, möglichst gute Ärzte für die Grundversorgung auszubilden. Diese haben die Möglichkeit, mit exzellenten Fachärzten als Überweisungspartner zusammenzuarbeiten. Den niedergelassenen Ärzten muß ein hervorragendes Krankenhaussystem gegenüberstehen.

In den Krankenhäusern erfolgt die Akutbehandlung von Schwerkranken. Solange diese häufig noch in Fünfbettzimmern mit primitiver Sanitäreinrichtung irgendwo auf der Station untergebracht werden, stimmt mit unserem teuren Gesundheitssystem etwas nicht. Die Krankenhäuser müssen veranlaßt werden, Ausbildungsstellen für Allgemeinärzte ebenso wie für Fachärzte in ausreichender Anzahl zur Verfügung zu stellen.

Wirtschaftlichkeit im Gesundheitswesen hängt sehr von der Qualifikation der Ärzte ab. Qualität in der Arbeit spart Nebenkosten.

Der erste Kontakt zwischen Patient und Arzt entsteht, indem ein Rat und Hilfe suchender Mensch einen Arzt aufsucht oder um dessen Besuch bittet. Am Anfang steht in der Regel ein Gespräch. Dieses Gespräch, auch Anamnese genannt, ist für den Aufbau eines Vertrauensverhältnisses und für das gegenseitige Kennenlernen entscheidend. Es gibt dem Arzt die wesentlichen Informationen für sein weiteres Vorgehen und die entscheidenden Hinweise auf die Beschwerden und Wünsche seines Gegenübers. Der Patient spricht sich aus und kann seine Sorgen darstellen. Besonders wichtig wird dies bei psychischen Beschwerden. Etwa jeder zweite Patient in der Allgemeinpraxis leidet darunter.

Meistens wird sich daran eine körperliche Untersuchung anschließen. Diese erfolgt zunächst mit einfachen Mitteln unter Nutzung der menschlichen Sinnesorgane und einfacher Geräte: Inspektion, Abhören, Abtasten, Prüfen von Beweglichkeit und der Reflexe, Temperatur- und Blutdruckmessung. Mit diesen einfachen Methoden lassen sich durch den gut ausgebildeten und erfahrenen Arzt die meisten Volkskrankheiten erkennen und eine entsprechende Behandlung einleiten.

Diese eigentliche Tätigkeit des Hausarztes stellt die wesentliche medizinische Basistätigkeit dar.

In einer modernen Hausarztpraxis steht eine Fülle technischer Geräte zur Verfügung. Die Medizin wäre ohne diese Geräte in ihrer umfassenden Form heute nicht mehr zu betreiben. Sie tragen ganz wesentlich zur Verfeinerung und Sicherung von Diagnosen bei. Neben dem Elektrokardiogramm wird heute das Lungenfunktionsgerät genutzt; Hör- und Sehtestmethoden stehen zur Verfügung. Es erfolgen Enddarmspiegelungen; die Ultraschalluntersuchung der inneren Organe und des werdenden Kindes hat große Verbreitung gefunden. Daneben kann die Labortechnik, also die Untersuchung von Blut und Urin, genutzt werden. Eine Reihe wichtiger Labortests wird direkt in der Praxis erbracht, andere werden heute wirtschaftlich in ärztlichen Laborgemeinschaften oder bei Laborärzten durchgeführt.

Läßt sich die Erkrankung nicht ausreichend klären, werden vom Hausarzt Fachkollegen hinzugezogen, und der Patient wird überwiesen. Häufig erfolgen Überweisungen zu Röntgenuntersuchungen, zu Endoskopien wie beispielsweise Magenspiegelungen, zu Neurologen (zur Klärung unklarer Erkrankungen des Nervensystems) oder zu

HNO-Ärzten, Urologen, Frauenärzten und spezialisierten Kinderärzten. Zu den drei letzteren Überweisungen kommt es zur Befundabklärung, insbesondere nach Vorsorgeuntersuchungen bei Männern, Frauen und Kindern.

Schließlich erfolgt dann die Behandlung des Patienten. Soweit nicht die Zusammenarbeit mit einem Spezialisten in der Praxis bzw. in der Klinik nötig wird, erfolgt sie in der hausärztlichen Praxis. Die Art der Behandlung hängt von der Art der Beschwerden oder Erkrankung ab. Häufig genügt schon das Gespräch, um den Patienten über die Harmlosigkeit seiner Beschwerden zu beruhigen. Vielleicht wird eine Kontrolle vorgeschlagen. Zahlreiche Störungen oder Infekte sind vorübergehender Natur; das Wissen darüber ist den Menschen verlorengegangen. Bekannt ist dies bei den Erkältungskrankheiten, den meisten Virusinfekten. Schnupfen oder Husten mit etwas Halsweh und Fieber gehen bekanntlich nach drei bis vier Tagen vorüber. Etwas Erleichterung verschaffen pflanzliche Hustentropfen oder bei Kindern ein Hustensaft, Gurgeln mit Salbei und höchstens noch – wenn verlangt – ein Präparat von der Art der Acetylsalicylsäure bei Erwachsenen, bei Kindern Paracetamol. Ähnliches gilt bei Durchfallerkrankungen. Auch hier steht die ärztliche Beratung im Vordergrund. Mit Diät aus Tee, für Kinder geeignete Minerallösungen, Tomatensaft, Cola, Reisschleim, Zwieback, Banane und ähnlichem lassen sich 90% der Durchfälle behandeln. Hält ein Durchfall tagelang an, steht mit Imodium ein wirksames, den Darm beruhigendes Mittel zur Verfügung. Besonderer ärztlicher Betreuung bedürfen dabei Säuglinge und Kleinkinder.

Neben Erkrankungen, die eher als Störungen des Befindens angesehen werden können, ist die Betreuung akut und chronisch Kranker mit Hilfe der modernen Medizin die eigentliche ärztliche Aufgabe. Einen wesentlichen Teil nimmt dabei die medikamentöse Therapie ein. Aus dem gigantischen Pharmamarkt mit etwa 90.000 Präparaten ist eine sinnvolle Zusammenstellung pflanzlicher und chemischer Produkte nötig. Diese Auswahl ist schwierig, da der Arzt dem Werben der Pharmaindustrie fast täglich ausgesetzt ist und außerdem der Versuchung standhalten muß, durch Verordnung eines Dauermedikamentes den Patienten in ärztliche Abhängigkeit zu bringen.

Die meisten Medikamente werden heute von praktischen und Allgemeinärzten verordnet. Für die tägliche Praxis genügen sicher 150 Präparate verschiedener Wirkstoffe; mit der Verordnung seltener Medikamente dürften nochmals 50 Wirkstoffe hinzukommen.

Eine bedeutende Gruppe sind die Penicilline und entsprechende Antibiotika. Daß wir Scharlach heute als leichte Erkrankung, die ohne Folgen abheilt, empfinden, danken wir der Penicillingabe. Blutdrucksenkende Mittel wie beispielsweise Nifedipin tragen ganz offensichtlich zur hohen Lebenserwartung unserer Bevölkerung bei. In der Krebsbehandlung hat die Chemotherapie neben der Operation und der Bestrahlung die Aussicht auf Heilung verbessert. Asthma und Zuckerkrankheit seien weitere Beispiele für erfolgreiche medikamentöse Behandlung.

Demgegenüber sind Nebenwirkungen von Medikamenten zu beachten und vom Arzt zu berücksichtigen. Als Beispiel führe ich den Text aus dem Beipackzettel eines modernen Rheumamittels und eines Blutfettsenkers auf:

Rheumamittel, Nebenwirkungen:

„Mit dem Auftreten von Magen-Darm-Beschwerden wie Übelkeit, Durchfall und verborgenen Magen-Darm-Blutverlusten, die in Ausnahmefällen eine Blutarmut verursachen können, ist häufig zu rechnen. Gelegentlich kann es zu Magen- oder Darmgeschwüren, unter Umständen mit Blutung und Durchbruch, kommen. Sollten stärkere Beschwerden, insbesondere Schmerzen im Oberbauch und/oder Schwarzfärbung des Stuhls auftreten, ist dies dem Arzt sofort mitzuteilen. Ferner können zentralnervöse Störungen wie Kopfschmerzen, Erregung, Reizbarkeit, Schlaflosigkeit, Müdigkeit und Schwindel auftreten. Dies kann gelegentlich zu einer Verminderung der Fahrtüchtigkeit und der Fähigkeit, Maschinen zu bedienen, führen. Überempfindlichkeitsreaktionen wie Hautausschlag und Hautjucken, selten aber auch Asthmaanfälle mit und ohne Blutdruckabfall konnten gelegentlich beobachtet werden. Selten kann eine Neigung zu Wasseransammlung im Körper (z. B. periphere Ödeme), besonders bei Patienten, die an hohem Blutdruck leiden, auftreten. Sehr selten ist, insbesondere bei einer Langzeitbehandlung, mit Störungen der Blutbildung, mit Leberschäden, in Einzelfällen mit schweren Hautreaktionen (z. B. Erythema exsudativum multiforme) sowie mit Haarausfall zu rechnen. Blutbild, Leberwerte und Nierenfunktion sollten daher regelmäßig kontrolliert werden. An der Injektionsstelle kann es zu lokalen Nebenwirkungen (brennendes Gefühl) oder Schäden (sterile Abszeßbildung, Fettgewebsnekrose) kommen. Besonderer Hinweis: Aufgrund des Gehaltes an Natriumdisulfit kann es im Einzelfall, insbesondere bei Bronchialasthmatikern, zu Überempfindlichkeitsreaktionen kommen, die sich als Erbrechen, Durchfall, keuchende Atmung, akuter Asthmaanfall, Bewußtseinsstörungen oder Schock äußern können."

Blutfettsenkendes Mittel, Nebenwirkungen:

„Unter der Behandlung mit ... kann es zu Magen-Darm-Beschwerden wie Appetitlosigkeit, Magendruck, Übelkeit kommen, die im allgemeinen vorübergehend sind und kein Absetzen des Medikaments erfordern. Selten wurden Juckreiz und Hautausschlag beobachtet. In einzelnen Fällen ist über Potenzstörungen, Haarausfall sowie Muskelschmerzen und Muskelschwäche (vor allem in den Beinen) berichtet worden. Im allgemeinen klingen diese Nebenwirkungen nach Absetzen von ... rasch ab. Sollten Sie Nebenwirkungen beobachten, suchen Sie bitte Ihren Arzt auf."

Hier fragt man sich, ob der Einsatz derartiger Medikamente zu rechtfertigen ist.

Aus rechtlichen Gründen sind die Pharma-Konzerne dazu gezwungen, den Patienten auf den Beipackzetteln derart intensiv über alle möglichen Nebenwirkungen aufzuklären.

Auch wenn hier als erstes die Behandlung mit Medikamenten aufgeführt wird, möchte ich auf die Wichtigkeit des ärztlichen Gesprächs hinweisen und seine Bedeutung über die der „Pillen" stellen. Das dem Wort Medizin ähnliche Wort Medikament kann nur bedeuten, daß Medikamente zwar wichtig, aber nicht das Wesen der Medizin sind.

Das ärztliche Gespräch, bewußt geführt, ist Teil der Diagnosefindung und zugleich Therapie. Gesprächstherapie ist ein wichtiger Teil der Behandlung und das Mittel, um kleinere psychische Störungen zu beheben. Auch hier gilt das Prinzip, bei gravierenden psychosomatischen Problemen an einen Fachmann zu überweisen.

Schließlich spielt bei den häufigen Beschwerden an Muskeln, Sehnen und Gelenken die physikalische Behandlung eine wichtige Rolle. Bestrahlung mit Licht, Kurz- und Mikrowellen sowie Reizstrom sind hilfreich. Verordnung von Massagen und Krankengymnastik erweitern sinnvoll die ärztlichen Bemühungen. Hilfsmittel wie Kompressionsstrümpfe, Einlagen, Stützmieder und ähnliches werden sinnvoll eingesetzt.

Im Mittelpunkt all dieser Bemühungen steht der Mensch, das Individuum, der Kranke; ihm zu helfen ist Ziel aller Bemühungen. Er muß dafür aber auch bezahlen, nämlich heute etwa 13% seines Einkommens. Ziel einer Gesundheitsreform muß die Weiterentwicklung des Gesundheitssystems sein: Möglichst gut ausgebildete Ärzte, gut ausgestattete Praxen und Krankenhäuser, Hilfsmittel und Heilmittel bester Qualität, letztere verträglich und zu vernünftigen Preisen. Aus meinen Abrechnungen kann ich ersehen, welchen Anteil die Arzneimittel an den Kosten einnehmen. Im Durchschnitt sind die Arzneikosten bei praktischen und Allgemeinärzten ebenso hoch wie der Umsatz einer Arztpraxis. Heute ist es möglich, diese Kosten durch wirtschaftliche Verordnungsweise um 20% zu senken. Würden unnütze Mittel aus der Leistung der Kassen genommen, könnte der Kostenanteil erheblich gesenkt werden. In Frage kämen Salben bei Prellungen und Rheuma oder Mittel zur Durchblutungsförderung bei chronischen Beschwerden wie Ohrrauschen, Denk- und Gedächtnisschwäche. Auch auf die zuvor genannten nebenwirkungsreichen Medikamente könnte bis auf Ausnahmefälle verzichtet werden.

Zu den ärztlichen Aufgaben gehört auch die Teilnahme am Notarztdienst, also Einsatzfahrt und Versorgung von lebensbedrohenden akuten Erkrankungen einschließlich der Unfälle. Von 100 Einsätzen sind 53 sinnvoll; es besteht eine vitale Indikation, und die Patienten können erfolgreich behandelt werden. Bei 10% handelt es sich um typische Fehleinsätze ohne Patienten. Bei 21% der Einsätze wäre auch eine Versorgung durch den kassenärztlichen Notdienst möglich. Oder die Anfahrt ist unnötig lang, und der ortsansässige diensthabende Arzt könnte tätig werden. Bei weiteren 16% der Einsätze stirbt der Patient. Nach meinen eigenen Aufzeichnungen aus dem Notarztdienst zwischen 1983 und 1986 handelte es sich bei diesen 16% um zehn Patienten. Fünf dieser Patienten starben an Herzversagen bei Infarkt auf dem Transport oder im Krankenhaus trotz Einsatzes aller technischer Mittel. Bei vier weiteren Patienten erbrachten Wiederbelebungsversuche keinen Erfolg. Es konnte nur der Tod festgestellt werden. Dreimal wurde auch hier ein Infarkt vermutet. Einmal handelte es sich um einen Ertrinkungsfall bei Epilepsie. Der zehnte, ein zweiundneunzigjähriger Patient, starb an seiner Gehirnblutung im Krankenhaus. Welche Rolle die Dauer der Anfahrt für die Überlebenschancen jedes dieser zehn Patienten spielte, ist im Einzelfall kaum zu sagen. Diese zehn Menschen waren akut so schwer erkrankt, daß die Möglichkeiten sie zu retten sicherlich sehr gering waren. Nach meinen Beobachtungen ist es allerdings ein ausgesprochener Schwachpunkt des heutigen Systems, daß es bis zu 15 Minuten dauern kann, bis Notarzt und Rettungsdienst eintreffen. Dies kann zu spät sein, um noch wirkungsvoll helfen zu können. Die Einsatzzentralen sind zu wenig flexibel und setzen ortsansässige Ärzte nicht gezielt ein. Die örtlichen Rettungsfahrzeuge fahren oft andernorts Krankentransporte und stehen in Notfällen nicht zur Verfügung. Dies ist ein weiteres Beispiel dafür, daß die Milliarden, die unser Gesundheitssystem jährlich kostet, oft nicht dort eingesetzt werden, wo sie wirklich sinnvoll gebraucht werden.

Vorbeugen von Krankheiten beim Kind

Elterliche Vorsorge für das Kind besteht vom Anfang der Schwangerschaft an in der Teilnahme an der medizinischen Mutterschaftsvorsorgeuntersuchung und im Vermeiden gesundheitsschädigender Substanzen, also Abstinenz von Nikotin und Alkohol. Dazu gehört eine bewußte Ernährungsweise mit erhöhtem Bedarf an Eiweiß und Vitaminen sowie die Vermeidung von schädlichen Stoffen in der Nahrung, wie dies beispielhaft bei Pilzen, die durch Cadmium und Radioaktivität belastet sind, gegenwärtig der Fall ist.

In den ersten fünf Lebensjahren besteht eine enge ärztliche Überwachung der Kinder durch neun Vorsorgeuntersuchungen. Außerdem erkranken Säuglinge und Kleinkinder relativ häufig an Erkältungskrankheiten. Entsprechend sind sie der regelmäßigen ärztlichen Kontrolle ausgesetzt, und die Eltern können sich bei allen Fragen zu ihrem Kind medizinisch beraten lassen.

Ein wichtiger Schritt im Leben eines Kindes ist die Aufnahme in einen Kindergarten. Sie setzt eine bestimmte Entwicklungsstufe des Kindes voraus.

Psychische Voraussetzungen sind:

Das Kleinkind ist in erster Linie auf die Mutter bezogen. Es spielt mehr für sich alleine. Für die Aufnahme in den Kindergarten ist die Fähigkeit des Kindes wichtig, mit anderen Kindern zu verkehren, das heißt, mit anderen Kindern zu spielen und sich auseinanderzusetzen. Das Kind muß bereit sein, von zu Hause getrennt zu werden. Bei den meisten Kindern entwickelt sich diese Fähigkeit während des vierten Lebensjahres. Sie wird davon beeinflußt, ob das Kind Geschwister hat oder ob sonst eine Möglichkeit besteht, mit anderen Kindern zu spielen. Solange diese Voraussetzungen nicht vorhanden sind, besteht beim vorzeitigen Eintritt in einen Kindergarten die Gefahr psychischer Störungen.

Körperliche Voraussetzungen sind:

Die körperlichen Voraussetzungen werden durch die achte Vorsorgeuntersuchung, die U 8, überprüft. Zu dieser Untersuchung gehört ein Sehtest, den man mit Symbolen durchführt, die das 3 1/2- bis 4jährige Kind erkennen kann. Ebenso wichtig ist der eingehende Hörtest; besonders Hörstörungen werden leicht übersehen. Im Kindergarten, in dem ja relativ viele Nebengeräusche durch die Unruhe der Kinder auftreten, wirkt sich eine Hörminderung auf die Entwicklung des Kindes gravierend aus. In diesem Alter bereits bestehende Haltungsschwächen wie das Hohlkreuz sollten nach der ärztlichen Feststellung durch entsprechende Gymnastik behandelt werden. Auch entwickeln sich oft schon Knick- und Plattfüße. Die Eltern sollten deshalb darauf achten, daß ihre Kinder zu Hause möglichst barfuß oder nur mit Strümpfen oder Hüttenschuhen laufen. In der warmen Jahreszeit sollten Holzsandalen getragen werden. Bei stärkeren Fußverformungen oder -beschwerden müssen Fußgymnastik und Einlagen verordnet werden. Bei der U 8 erfolgen auch eine Herz- und Kreislaufuntersuchung mit Blutdruckmessung sowie ein Urintest und gegebenenfalls eine Blutbilduntersuchung.

Im Oktober 1989 wurde eine zusätzliche Untersuchung – U 9 – eingeführt, bei der das inzwischen fünfjährige, daher verständiger gewordene Kind nochmals eingehend untersucht wird.

Ernährung:

Bereits Kinder sollen zu einer bewußten und gesunden Ernährung erzogen werden. Eine solche Ernährung darf nicht einseitig, sondern muß gemischt sein und alle wichtigen Nahrungsstoffe enthalten. Die Deutsche Gesellschaft für Ernährung empfiehlt Nahrung tierischer und pflanzlicher Herkunft mit einer hohen Ballaststoffaufnahme. Das Kleinkind benötigt also im besonderen Vitamine, die in Obst und Gemüse enthalten sind, und Eiweiß in Form von Milch oder Quark. Ballaststoffe können durch ein morgendliches Müsli und Schwarz- oder Vollkornbrot zugeführt werden. Ein solcher Ernährungsplan beinhaltet zum Beispiel morgens ein Früchtemüsli aus Haferflocken, Joghurt, Orangensaft, Apfelsinen, Apfel und Banane. Ein Grau- oder Schwarzbrot mit Butter oder Margarine, Wurst und Käse – nicht zu fett – kann ebenfalls als gesundes Frühstück angesehen werden. Das Ei ist wegen seines hohen Eiweißgehaltes ein wertvolles Nahrungsmittel, sollte aber wegen des hohen Cholesteringehaltes nur zwei- oder dreimal die Woche verzehrt werden. Zum Pausenbrot mit Wurst oder Käse gehört eine Gurke, Birne oder ein Apfel. Zum Mittagessen erhält das Kind Gemüse, frisch oder aufgetaut, Salat (Fleisch ist nicht täglich notwendig), dazu Kartoffeln, Nudeln oder Reis. Abends sollten möglichst ein Vollkorn- oder Leinsamenbrot, Tomaten, Wurst, Käse, Joghurt und Quark auf dem Speiseplan stehen.

Das Kind benötigt noch mehr als der Erwachsene eine gemischte vielseitige Ernährung. Bereits beim Kind sollte darauf geachtet werden, daß es nicht zu kalorien- und fettreich ernährt wird. Die Neigung zu Übergewicht und zu Erkrankungen der Blutgefäße und des Herzens entwickelt sich bei falscher Ernährung bereits im Kindesalter.

Süßigkeiten dürfen an der Ernährung des Kindes nur einen möglichst geringen Anteil haben. Sie verderben den Appetit auf andere wertvolle Nahrungsmittel und fördern die Volkskrankheit der Karies. Bereits 90% der Kinder, die in die Schule eintreten, haben Karies. Die Vorbeugung dieser Volkskrankheit erfolgt durch einen möglichst geringen Konsum an Süßigkeiten, durch dreimal tägliche Zahnreinigung nach dem Essen und durch vorbeugende Gabe von Fluorid.

Durch die rege Kampagne der Fluorgegner werden die Eltern immer wieder verunsichert. Die Deutsche Gesellschaft für Ernährung, die Deutsche Gesellschaft für Zahnheilkunde und die Deutsche Gesellschaft für Kinderheilkunde empfehlen die Fluorprophylaxe. Bei den verordneten Fluormengen tritt keinerlei Gesundheitsschädigung auf. Zur Vermeidung von Kropfbildung ist die generelle Verwendung eines jodhaltigen Speisesalzes unbedingt zu empfehlen. Geeignet sind das jodhaltige bayerische Vollsalz und das Bad Reichenhaller Jodsalz.

In der Erziehung des Kindes spielt das elterliche Vorbild eine wichtige Rolle. Aus diesem Bewußtsein heraus sollten Eltern nicht rauchen.

Für die gesunde Entwicklung des Kindes ist ein regelmäßiger Schlaf erforderlich. Der Bedarf des Vorschulkindes liegt bei 11-12 Stunden täglich. In der Regel wird es um 19.00 Uhr oder spätestens um 20.00 Uhr zu Bett gehen. Eltern sollten sich bemühen, auch zu Hause nachmittags oder am Wochenende mit ihren Kindern das zu pflegen, was es im Kindergarten an musischen Dingen, an Spiel, an handwerklichen Fähigkeiten erlernt hat. Hilfreich sind pädagogische Zeitschriften wie „Spielen und Lernen". Sie sollten nicht den Schulstoff vorarbeiten, insbesondere nicht rechnen und lesen üben.

Zur Erziehung gehört auch der Umgang mit dem Medium Fernsehen. Es gibt leider für Vorschulkinder nur wenige geeignete Filme. Die Eltern sollten sich einen Film mit ansehen, und wenn er für das Kind nicht geeignet erscheint, das Fernsehen abschalten. Auf keinen Fall sollten sich Vorschulkinder Gewaltfilme von der Art von Colt oder Bud Spencer oder Asterix ansehen. Der Fernseh-Konsum sollte in der Woche beim Vorschulkind zwei bis dreieinhalb Stunden nicht überschreiten.

Hilfreich bei der Verarbeitung von Ängsten sind erzählte oder vorgelesene Märchen. Das Märchen gibt Orientierungshilfe für Glück und Unglück, Leid und Freude, Gut und Böse. Es aktiviert die wichtigen menschlichen Grundeigenschaften Denken, Fühlen und Empfinden. Natürlich muß das erzählte Märchen dem jeweiligen Alter des Zuhörers angepaßt sein. Bedachtsam ist bei grausamen Märchen vorzugehen. Es sollen ja nicht Ängste beim Kind geweckt werden. Wichtig ist die Atmosphäre, in der das Märchen vorgetragen wird. Es sollte von einer vertrauten Person in ruhiger Erzählweise dargeboten werden. Dabei ist mit den Kindern Kontakt zu halten, in ihre Augen und Gesichter zu sehen, um so zu bemerken, ob sich ein Kind beunruhigt.

Seelische Störungen:

Seelische Störungen des Kindes äußern sich in Interesse- und Lustlosigkeit beim Spielen oder Essen, in Schlafstörungen oder in Bettnässen. Die meisten Kinder beherrschen ihre Blasenfunktion bis zum Eintritt in den Kindergarten. Nächtliches Einnässen bedarf erst ab dem fünften Lebensjahr einer eingehenderen Klärung. Der Stuhlgang wird meist mit eineinhalb bis zwei Jahren beherrscht. Späteres Einkoten gilt als Zeichen einer ernstzunehmenden Störung.

Als Ursache für derartige Störungen gelten Erziehungsfehler oder Konflikte der Eltern. Kindererziehung sollte nicht nur spontan und aus dem Gefühl heraus geschehen, sondern liebevoll überlegt sein. Verhalten sich Eltern gegenüber ihrem Kind vorwiegend autoritär – das heißt, einer bestimmt –, können sich Fähigkeiten wie Spontaneität und Kreativität weniger gut entfalten. Schädlich für die Entwicklung des Kindes wirken sich feindselige Tendenzen (Befehle, Strafen) oder offene Ablehnung (ungewünschtes Kind) aus. Der antiautoritäre Führungsstil (das Kind darf tun, was es will) läßt sich besonders beim kleinen Kind über längere Zeit kaum durchhalten. Hier muß der Erwachsene immer wieder steuernd und helfend eingreifen. Außerdem wird die Entscheidungsfähigkeit dadurch beim Kleinkind nicht gefördert. Vielmehr kommt es zu Aggressionen gegenüber dem Erwachsenen, der sich zu wenig um das Kind kümmert. Zu raten ist daher zu einem demokratischen und sozial-integrativen Führungsstil. Es werden mehr die Zusammenarbeit und gegenseitige Verbundenheit betont. Kinder entwickeln eigene Initiative und lernen, die Arbeit besser einzuteilen. Eltern bieten sich mehr als Helfer an, lassen dem Kind möglichst viel Entscheidungsfreiheit und bestimmen nur möglichst selten über das Kind.

Auch körperliche Beeinträchtigungen wie Hörminderungen führen zu Verhaltensstörungen der Kinder. Ein Kind, das bei Ansprache nicht reagiert, das vielleicht noch laut spricht, sollte ebenso wie bei jeder anderen Störung unbedingt einer ärztlichen Beratung und Untersuchung zugeführt werden. Die Eltern sind in der Regel nicht in der Lage, die Ursachen für die Störungen selbst zu erkennen und auszuräumen. Oft läßt sich in einem Gespräch mit den Eltern und dem Kind die Situation rasch klären.

Häufige Krankheiten:

Im Kindergarten haben die Kinder erstmals Kontakt mit einer großen Anzahl von Personen. Ihr Immunsystem muß sich erst entwickeln. Sie machen deshalb in der Regel zahlreiche Erkältungskrankheiten durch. Leichte Krankheiten wie Husten, Schnupfen, Halsschmerzen lassen sich mit Hustensaft, Nasentropfen, Salbeitee gut behandeln. Eine gefürchtete Erkrankung ist der Pseudo-Krupp-Husten, bei dem das Kind akut an Atemnot erkrankt. Er macht eine sofortige ärztliche Behandlung erforderlich. Einem Kind, bei dem häufig Mittelohrentzündungen oder hartnäckiger Schnupfen auftreten, das vielleicht ständig den Mund offen hat und mit offenem Mund schläft, müssen möglicherweise die Polypen entfernt werden. Bauchschmerzen sind ebenfalls ein häufiges Krankheitssymptom des Vorschulkindes. Neben akuten Baucherkrankungen wie einer Blinddarmentzündung, einem Harnwegsinfekt oder einer Darmverschlingung sind sie häufig auch Ausdruck einer anderen Erkrankung wie einer eitrigen Angina oder einer Hirnhautentzündung. Sie können aber auch Zeichen einer psychischen Störung des Kindes sein. Die Kopfschmerzen des Erwachsenen entsprechen hier den Bauchschmerzen des Kindes. Ein Kind, das plötzlich viel Durst hat, viel trinkt und in seiner Leistungsfähigkeit beeinträchtigt ist, sollte auf Zuckerkrankheit untersucht werden. Durchfallerkrankungen lassen sich zumeist durch eine Diät mit Tee, Zwieback und Reisschleim gut behandeln. Fieber gilt heute als natürliche Reaktion des Körpers auf einen Infekt und trägt zur Heilung bei. Es sollte nur gesenkt werden, wenn das Kind erheblich dadurch beeinträchtigt ist, wenn es nicht mehr richtig essen und trinken will und hohe Temperaturen über 39 Grad erreicht.

Impfungen:

Masern und Mumps als bekannte und schwere Kinderkrankheiten sind in ihrer Häufigkeit durch entsprechende Impfungen zurückgedrängt worden. Daher treten die Masern- und Mumpsgehirnentzündungen mit ihren

Dauerschäden nur noch selten auf. Röteln mit ihrem feinen Ausschlag im Gesicht und auf den Wangen, hinter den Ohren beginnend und sich auf den Körper ausbreitend, sind eine harmlose Kinderkrankheit. Trotz der propagierten Impfung der Mädchen im Pubertätsalter kommt es immer noch zu einer relativ häufigen Infektion von Schwangeren mit Röteln und den sich daraus ergebenden Schädigungen für das Kind im Mutterleib. Dies versucht man durch die Kombination der Masern-Mumps-Impfung im 15. Lebensmonat mit der Röteln-Impfung zu verbessern. Die Röteln-Impfung soll im Pubertätsalter noch einmal aufgefrischt werden. Die bereits im Säuglingsalter durchgeführte Diphtherie-, Tetanus- und Polio-Impfungen werden im Schulalter wieder aufgefrischt: Diphtherie nach fünf Jahren, Polio nach fünf bis zehn Jahren und Tetanus alle zehn Jahre. Die Durchführung der Tuberkulose-Impfung bei Neugeborenen hat zu einer Verringerung der kindlichen Tuberkulose geführt.

Zusätzlich wurde 1990 eine neue Impfung gegen Hämophilus Influencae eingeführt. Sie soll Säuglinge und Kleinkinder vor schweren Formen von Mittelohrentzündung, Kehlkopfdeckelentzündung mit Ersticken und Hirnhautentzündung schützen.

Wir sollten bereits bei den Kindern eine gesunde Lebensweise anstreben. Wohlstandskrankheiten kosten den Steuerzahler jährlich bis zu 60 Milliarden Mark. Zum Weltgesundheitstag 1988 hat die damalige Ministerin *Rita Süßmuth* an die Bundesbürger appelliert: „Gesund leben muß modern werden." Bereits im Kindesalter muß mit der Erziehung hierzu begonnen werden.

Vorbeugen von Krankheiten beim Erwachsenen

Unter Vorsorge verstehen wir die von den Krankenkassen empfohlenen Untersuchungen (die Vorsorgeuntersuchungen bei Kindern wurden bereits erläutert). Es zählt dazu die Mutterschaftsvorsorge in der Schwangerschaft, und es gehört dazu die Vorsorgeuntersuchung der Frauen, zu der ich alle, auch die älteren Frauen, auffordere. Letztere ist besonders wichtig, da sie der Früherkennung des Gebärmutterhalskrebses, des Gebärmutter- und Dickdarmkrebses sowie des Brustkrebses dient. Die größten Erfolge der Vorsorge werden gerade bei der Erkennung und Heilung des Gebärmutterhalskrebses der Frau erreicht. Hinzu kommen die Jugendschutzuntersuchung bei den eine Lehre beginnenden Jugendlichen und die Vorsorgeuntersuchung des Mannes, die der Erkennung des Dickdarmkrebses, von Prostataerkrankungen, Hodenerkrankungen und Leistenbrüchen dient.

Am 1. Oktober 1989 wurde außerdem die „Gesundheitsuntersuchung" eingeführt. Sie dient der Früherkennung von häufig auftretenden Krankheiten bei Frauen und Männern vom vollendeten 35. Lebensjahr an, deren Vor- oder Frühstadium diagnostisch erfaßbar ist und die wirksam behandelt werden können. Diese Untersuchung soll, soweit möglich, im Zusammenhang mit der Früherkennungsuntersuchung von Krebserkrankungen angeboten werden.

Auf die Messung des Blutdrucks gehe ich näher ein. Der Blutdruck gilt als erhöht und eine Behandlung wird erforderlich, wenn nach zwei bis drei Minuten Liegen oder Sitzen am psychisch entspannten Patienten bis zum 65. Lebensjahr der Blutdruck 160/95, bei über 65 Jahre alten Menschen bei isolierter Hypertonie der Blutdruck über 180/100 und bei über 65jährigen bei zusätzlicher coronarer Herzerkrankung oder Herzinsuffizienz der Blutdruck höher als 160/95 liegt. Bei leichter Blutdruckerhöhung wird zunächst eine Behandlung mit kochsalzarmer Ernährung versucht sowie – wenn nötig – eine Gewichtsreduktion angestrebt. Bei ungenügendem Erfolg durch diese Maßnahmen wird eine medikamentöse Behandlung notwendig.

Mit zunehmendem Alter treten bestimmte Krankheiten gehäuft auf.

Die wichtigsten Krankheiten des Alters sind:

1. Arteriosklerose,
2. Arthrose,
3. Emphysem der Lunge,
4. Diabetes mellitus,
5. Alterskrebs,
6. Prostatahypertrophie,
7. Cerebrovaskuläre Insuffizienz,
8. Altersstar,
9. Altersschwerhörigkeit,
10. Osteoporose,
11. Verletzungen.

An besonderen Laborbefunden finden sich folgende Veränderungen im Alter: Harnstoff, Kreatinin, Cholesterin und Blutzucker liegen häufig höher.

Außerdem treten im Alter Veränderungen auf, durch die sich der ältere vom jüngeren Menschen unterscheidet.

1. Veränderte körperliche Fähigkeiten: Der Energiebedarf ist vermindert; daher bieten viele Gaststätten Seniorenteller an. Es kann sonst zu einer Überbelastung von Herz und Kreislauf kommen. Das Schlafbedürfnis ist vermindert.

2. Veränderte intellektuelle und emotionale Fähigkeiten: Es findet sich eine Einschränkung der Konzentrationsfähigkeit und des Kurzzeitgedächtnisses, dafür verfügt der ältere Mensch über reiche Lebenserfahrung und Fähigkeiten zum ausgewogenen Urteil.

3. Das Rollenverhalten ist verändert. Die Berentung des Mannes bringt oft Probleme.

4. Es finden sich erstarrte Wertsysteme gegenüber Kindern und Enkelkindern, was Anstand und Sexualität betrifft.

5. Die sozialen Bezugssysteme verändern sich, je nachdem ob der ältere Mensch mit seinen Kindern zusammen oder ob er alleine lebt oder ob er in einem Altersheim untergebracht ist. Aus den sich daraus ergebenden Konflikten können sich psychische Krankheiten entwickeln, die zur Altersdepressivität, zur Altersschizophrenie oder gar zum Suizid führen können.

In der Anleitung zu einer entsprechenden Lebensführung mit dem Ziel, derartige körperliche und psychische Erkrankungen zu vermeiden, ist eine überaus wichtige Aufgabe des Hausarztes zu sehen.

Ein großer Teil der Alterskrankheiten ist auf gesundheitsfeindliche Lebensweisen zurückzuführen:

1. Über- und Fehlernährung.
2. Einseitiger mangelhafter Gebrauch des Bewegungsapparates.
3. Ungenügendes Training des Herz- und Kreislaufsystems.
4. Verkümmerte Psychohygiene.

Wo sind die Lebens- und Gesundheitsregeln geblieben, die von den großen Religionen gefordert werden?

60% der Arzneimittelausgaben der gesetzlichen Krankenversicherungen dienen der Behandlung vorwiegend selbstverursachter Krankheiten.

Welche Therapieansätze ergeben sich dafür durch den Hausarzt?

1. Gespräche, um psychosoziale Konflikte zu erkennen und zu behandeln.

2. Ermutigung zur Beschäftigung entsprechend früheren Lebensphasen und Hobbies.

3. Ernährungsberatung sowie Rat zu Gewichtsreduktion, Nikotinabstinenz und regelmäßiger körperlicher Betätigung.

Auch die letzte Therapie des Sterbenden gehört hierzu. Der Hausarzt kann am besten entscheiden, ob ein Notfalleinsatz mit Transport in die Klinik erforderlich ist oder ob Lebenserleichterung und Zúwendung durch häusliche Krankenpflege und Einsatz der Sozialstation angebracht sind. Viele Gemeinden verfügen mit den evangelischen und katholischen Sozialstationen über ein exzellentes System der häuslichen Krankenpflege.

Das Rentnerdasein führt zur Abwertung als älterer Mensch und beim Frischberenteten zur Minderung des Selbstwertgefühls. Arbeit ist oft die Quelle der Stimulation und des Wohlbefindens, schafft Kontakte und gibt das Gefühl der Selbstbestätigung.

Gesundheit und Spannkraft können nicht durch Kuren alle zwei Jahre, sondern besser durch regelmäßige sportliche Betätigung erzielt werden. Der leistungsfähige ältere Mensch kann sich so noch ganz neuen Impulsen, Interessen und Aufgaben öffnen. Als Sportarten eignen sich Joggen, Schwimmen, Radfahren, Turnen mit einfachen Geräten und Gymnastik.

Geriatrika:

Es gibt Arzneimittel im üblichen Sinn, die ihre krankheitsbezogene Indikation haben, deren Wirkungen überprüfbar sind und die der Behandlung aktueller Krankheitszustände dienen, sowie Mittel, die das natürliche Altern verhindern, also Lebensverlängerung bewirken und gegen Gedächtnisschwäche sowie Mangeldurchblutung helfen sollen. Der Nachweis einer solchen Wirkung ist für keines der im Handel befindlichen Geriatrika erbracht worden. Das gilt besonders für die Behandlung mit Procain, für die Ginsengpräparate, die außerdem negative Nebenwirkungen haben wie Durchfälle, Hautausschläge, Nervosität, Bluthochdruck und Ödeme, oder auch für die intravenöse Ozon- und Sauerstofftherapie.

Sinnvolle Lebensgestaltung:

Sinnvolle Lebensgestaltung erfolgt durch Rhythmisierung und einen festen Tagesablauf. Diese Rhythmisierung des Menschen erfolgt im jüngeren Alter besonders durch Beruf, Kinder, Hobby und Reisen. Bei älteren Menschen wird dies erreicht durch Hilfe für die übrige Familie, im kleinen Alltag und bei der Kinderbetreuung. Der ältere Mensch kann allein durch sein Wesen und Eigenschaften wie Gelassenheit und Geduld positiv wirken. Er sollte mitdenken und mitsprechen bei den heute aktuellen Problemen wie Erhaltung des Weltfriedens, Verminderung der Arbeitslosigkeit und des Umweltschutzes.

Ernährung, Arteriosklerose und coronare Herzkrankheit:

Für die Gesundheit von besonderer Bedeutung sind das Geschwisterpaar „Ernährung und Bewegung“, darüber hinaus aber auch Hyperlipidämie, Hypertonie und das Rauchen. Besonders in Kombination erhöhen diese Risikofaktoren die Gefahr der Arteriosklerose.

Richtige Ernährung:

1. Einschränkung des Fettverzehrs und damit der Cholesterinzufuhr; verminderter Gebrauch von Zucker und Alkohol.
2. Reduktion der gesättigten Fettsäuren und teilweiser Ersatz durch mehrfach ungesättigte Fettsäuren.
3. Erhöhte Ballaststoffzufuhr mit der Nahrung.
4. Mehr pflanzliche statt tierischer Lebensmittel.

Praktisch bedeutet dies, daß der Anteil an Fleisch, Wurst und fettreichem Käse in der Nahrung zu verringern ist. Er ist bei unserer Bevölkerung im allgemeinen zu hoch. Die gesättigten Fettsäuren können vor allem durch Einschränkung der Gesamtaufnahme tierischer Fette reduziert werden. Einen besonders hohen Anteil an wertvollen mehrfach ungesättigten Fettsäuren weisen Sonnenblumenöl und Distelöl auf. Sie sollten nur noch statt Butter zum Kochen, Backen und Braten verwendet werden. Um den Ballastanteil zu erhöhen, ist reichlich Gemüse, Obst und Salat zu essen. Damit werden auch die lebenswichtigen Vitamine aufgenommen. Von den Mineralien wird insbesondere das für die Knochenfestigkeit wichtige Calzium mit ein bis zwei Gläsern Milch und etwas Hartkäse, wie Edamer oder Emmentaler, zugeführt. Günstige Eiweißlieferanten sind fettarmer Quark und Joghurt. Die Kohlehydrate in Form von Kartoffeln, Nudeln, Brot und Reis liefern die notwendige Energie. Ihr Anteil kann bei Reduzierung der Fettzufuhr erhöht werden! (Außer bei Zuckerkranken). Mischbrot und Vollkornbrot sind dem Weißbrot vorzuziehen.

Dadurch werden das Infarktrisiko und das Risiko zur Arteriosklerose im Gehirn und im übrigen Körper verringert. Das Infarktrisiko vermindert sich bei einer solchen Ernährung um 44%. Die American Heart Association empfiehlt bereits für Kinder und Jugendliche und natürlich auch für jeden Erwachsenen eine solche Ernährung.

Da Fett den doppelten Nährwert von Kohlehydraten und Eiweiß besitzt, erleichtert eine solche Ernährung auch die Steuerung des Körpergewichtes. Es sollte das Normalgewicht besser unterschreiten. Das Normalgewicht eines Erwachsenen errechnet sich nach der Formel: Körpergewicht in Zentimetern minus 100 ergibt das Gewicht in Kilogramm. Das heißt, ein 170 cm großer Mensch sollte unter 70 kg wiegen.

Die Ernährung der Höchstbetagten soll gemischt, nicht blähend, vitamin- und eiweißreich sein. Sie sollten langsam essen und gut kauen. Müdigkeit kann durch Bohnenkaffee behoben werden. Kleine Mengen Alkohol wie z.B. Wein sind durchaus erlaubt.

Eine entsprechende Ernährung soll auch das Krebsrisiko vermindern. Tierische und pflanzliche Fette sollten hierzu reduziert werden und mehr faserreiche Kost zu sich genommen werden. Vor zuviel Alkohol ist zu warnen, zuviel geräucherte oder gepökelte Lebensmittel sind nicht zu empfehlen.

Das Rauchen führt nicht nur zur Arteriosklerose am Herzen, im Kopf und in den Beinen, sondern schädigt auch die Lunge und führt zu chronischem Husten und schließlich zum Lungenkrebs. Mit bundesweit 25.000 Toten pro Jahr ist der Lungenkrebs die häufigste Krebsart unserer Zeit geworden.

Zusammenfassend möchte ich den Menschen jeden Alters empfehlen, gesunde Ernährung zu kombinieren mit einem mäßigen körperlichen Ausdauertraining, einem geistigen Training und einer – wenn nötig – medikamentösen Therapie.

Eigene Möglichkeiten der Gesundheitsvorsorge

Unsere Gesellschaft leistet sich ein teures Gesundheitssystem. Die Kenntnisse einer gesunden Lebensweise sind gesichert und allgemein bekannt. Die Bereitschaft, nach diesen Kenntnissen zu leben, ist allerdings unterentwickelt.

Zahlreiche Krankheiten werden durch ungesunde Lebensweisen verursacht. Die wichtigsten Ursachen zähle ich im Folgenden auf:

Jeder zweite Erwachsene raucht ein Päckchen Zigaretten täglich. Die Folgen der jahrelangen Inhalation von Teerstoffen sind verheerend. Chronischer Husten, Lungenentzündungen, Abnahme der Lungenleistung sind die häufigsten Folgen. Herzinfarkt und Lungenkrebs treten um ein Vielfaches häufiger auf als bei Nichtrauchern. Dies führt teilweise so weit, daß wegen der Luftnot als Folge der Lungenschädigung regelmäßig Infusionen zur Erweiterung der Bronchien erforderlich werden.

Die Raucher sind derart abhängig von dem Suchtmittel Zigarette, daß sie sagen: „Ich kann nicht aufhören.“ Es schaffen nur wenige, von diesem Stoff loszukommen. Das wichtigste Ziel wäre sicher, zu verhindern, daß junge Menschen in diese Abhängigkeit geraten. Obwohl die Zigarette das verbreitetste schädliche Genußmittel ist, wird sie frei und unkontrolliert an jeder Straßenecke verkauft. An unseren Schulen unterrichten Lehrer, die während des Unterrichtes zur Zigarettenpause aus dem Klassenzimmer gehen. Ein solches Vorbild ist nicht akzeptabel. Daß in Schulen Raucherzimmer bestehen und das Rauchen damit erlaubt wird, paßt ebenfalls nicht zu einer sinnvollen Erziehung.

Zum Schutz der Jugend müßte sich die Gesellschaft von den an jeder Straßenecke frei zugänglichen Zigarettenautomaten trennen. Die Zigarette muß ähnliche Auflagen wie der Alkohol bekommen: kein freier Verkauf mehr aus Automaten, keine Abgabe an Jugendliche und Intensivierung der Aufklärung an den Schulen.

An zweiter Stelle ist sicher der Alkoholkonsum zu nennen. Er stellt nicht nur eine akute Lebensgefährdung im Straßenverkehr dar, sondern verursacht zahlreiche Erkrankungen. Ganz im Vordergrund steht hier der Trinker, der sichtbar für seine Umgebung seine Gesundheit, seine Arbeitsfähigkeit und seine sozialen Beziehungen zerstört. Alkohol in entsprechenden Mengen schädigt die Leber, das wichtigste Stoffwechselorgan des Menschen, sowie das Nervensystem. Die schädlichen Auswirkungen lassen sich bereits bei einem täglichen Konsum von einer Flasche Wein bzw. drei Flaschen Bier erkennen. Es treten Verdauungsstörungen wie Durchfälle auf, es kommt zu neurologischen

Störungen wie Zittern und Mißempfindungen an Händen und Füßen. Auch hier spielt die Erziehung eine Rolle. Für viele Bayern ist Bier außer dem morgendlichen Kaffee das einzige Getränk, das zu sich genommen wird, sichtbar an der eintönigen Bestellung in jedem Lokal; mittags und abends wird das goldgelbe Getränk an allen Tischen serviert. Es macht müde, betäubt den Geist und (weshalb es wohl so beliebt ist) lockert die Stimmung, beseitigt Hemmungen.

An dritter Stelle nenne ich bewußt den Straßenverkehr. Auch wenn „nur" noch 8.000 Menschen jährlich auf den Straßen der „alten" Bundesrepublik sterben, sind dies einzelne Schicksale, durch die jedes Jahr die Bevölkerung einer Kleinstadt zu Tode kommt. Die 400.000 jährlich im Straßenverkehr Verletzten finden kaum Erwähnung. Immerhin handelt es sich um fast 1% der Bevölkerung der „alten" Bundesrepublik. Hinter dieser Zahl verbirgt sich großes menschliches Leid. Orthopädische und unfallchirurgische Kliniken gründen darauf ihre Existenz. Sie können viele Verletzungen reparieren. Querschnittsgelähmte, Gehirngeschädigte, Gehbehinderte bilden trotzdem ein Heer von Invaliden. Der einzelne kann seine Sicherheit verbessern durch Vermeidung der Verletzungsrisiken, durch Beschränkung der Teilnahme am Straßenverkehr.

Der Staat sollte diese Gefahren bewußt machen und gleichzeitig durch Tempolimits die Zahl der Unfallopfer weiter reduzieren. Beste Erfolge wurden bereits durch Tempo 50 km/h innerorts und 100 km/h auf Landstraßen erzielt. Diese Tempobeschränkungen und der Sicherheitsgurt sind wirksame Maßnahmen zur Verbesserung der Unfallbilanzen geworden. Die Bundesrepublik ist das letzte zivilisierte Land ohne Tempolimit auf den Autobahnen. Auf vielen Überlandstraßen wären 80 km/h ausreichend. Tempo 30 hat sich ebenfalls auf innerörtlichen Nebenstraßen bewährt. Eine Einhaltung von Tempolimits ist nicht nur durch Androhung von Strafen anzustreben, sondern zusätzlich durch Erziehung zum Bewußtsein, daß sie der eigenen Gesundheit und Sicherheit dienen. Die moderne Elektronik mit Tempomat im Auto könnte eine Einhaltung sichern.

Ganz wichtig sind auf jeden Fall für die Gesundheit der Abbau der sogenannten Risikofaktoren für Herzkreislauferkrankungen und Arteriosklerose. Diese Risikofaktoren werden heute üblicherweise erfaßt und sind: Bluthochdruck, erhöhte Blutfette, also Cholesterin und Triglyceride, erhöhte Harnsäure und Zuckerkrankheit. Zu ihrer Vermeidung tragen der Abbau von Übergewicht, Reduzierung tierischer Fette, schlacken- und faserreiche Nahrungszufuhr sowie körperliche Aktivität bei.

Jeder Erwachsene sollte diese Risikofaktoren bei sich messen lassen und beim Vorhandensein durch Diät und eventuell Medikamente behandeln lassen.

Schadstoffe in Nahrung, Wasser und Hautcremes sowie Luftverschmutzung

Heute genügt es leider nicht mehr, sich bewußt und gesund zu ernähren, sondern es ist außerdem noch darauf zu achten, nicht gesundheitsschädigende Chemikalien mit der Nahrung aufzunehmen. Die Verwendung von Schädlingsbekämpfungsmitteln (Pestizide), Unkrautvernichtungsmitteln und Düngemitteln in der modernen Landwirtschaft hat zu deren Anreicherung in der Nahrungskette geführt. Tierische Nahrungsmittel sind vergleichsweise stärker belastet als pflanzliche. DDT und ähnliche Stoffe können sich im Fettanteil von Fleisch anreichern. Auch in Milch, Eiern, Fischen und Butter sind sie nachweisbar. Schwermetalle wie Blei, Cadmium und Quecksilber reichern sich durch Verwendung in Industrie und Kraftverkehr, in Boden, Wasser und Luft an. Beim Getreide lag der Cadmiumgehalt verschiedentlich über den Richtwerten. Bei den Innereien von Schweinen, Rindern, Wild, Puten, Hähnchen und Fischen kam es bei Blei, Cadmium und Quecksilber zu Überschreitungen der Richtwerte. Blei wirkt schädigend auf Muskulatur, Nervenzellen und Blutzellen. Kinder sind besonders gefährdet. Die Bleibelastung läßt sich vor allem durch Verzicht auf Blei als Antiklopfmittel im Benzin erreichen. Cadmium wird in der Industrie vielfältig benutzt. Es wird als Begleitstoff in Phospatdüngern zugesetzt. Kartoffeln, Gemüse und Brot bescheren uns die Cadmiumzufuhr. Es reichert sich über die Nahrungskette im Menschen an. Es kann zu Lungen-, Nieren- und Knochenschäden führen. Außerdem werden krebserzeugende Wirkungen vermutet. Quecksilber gelangt über zahlreiche durch den Menschen verursachte Prozesse in die Umwelt. Es findet sich in Thermometern, Blutdruckmeßgeräten und Zahnfüllungen und gelangt über den Müll und Müllverbrennung in die Umwelt. Es schädigt Nerven und Nieren.

Neben den Schwermetallen sind die chlorierten Kohlenwasserstoffe von besonderer Bedeutung. Diese als Pestizide (Schädlingsbekämpfungsmittel) in der Landwirtschaft verwendeten Substanzen reichern sich insbesondere im menschlichen Fettgewebe an. Obwohl ihre Verwendung in der Bundesrepublik seit den siebziger Jahren eingeschränkt ist, erreichen sie den Menschen hier über Reste im Boden, Industrieabfälle und importierte Nahrungsmittel. Sie werden verdächtigt, krebserregend und mißbildungsfördernd zu sein. Ihre Konzentration ist im Fettgewebe von Kindern auch in den letzten Jahren noch angestiegen. Bereits Neugeborene weisen eine hohe Konzentration auf.

Die Verwendung von chlorierten Kohlenwasserstoffen wie DDT und Lindan ist in der Bundesrepublik seit Jahren verboten. Diese Stoffe werden jedoch von unseren Chemiefirmen in die Entwicklungsländer verkauft, in der Futtermittelproduktion eingesetzt und gelangen von dort über die Importe für unsere Fleischproduktion in unsere Nahrungskette.

Düngemittel gelangen ebenso wie Insekten- und Unkrautvernichtungsmittel über die Flüsse in die Meere. Sie reichern sich dort in Fischen, Muscheln sowie Krebsen an und kehren als Nahrungsmittel wieder in den menschlichen Stoffwechsel zurück.

Welche Bedeutung diese Giftstoffe haben, läßt sich an der Empfehlung erkennen, unbedingt den Schadstoffgehalt in der Muttermilch bestimmen zu lassen, wenn ein Säugling länger als sechs Monate gestillt werden soll. DDT, Lindan, PCB und ähnliche Substanzen lassen sich während der gesamten Stillperiode in jeder Frauenmilchprobe nachweisen. Zumeist werden die angegebenen Grenzwerte nicht überschritten; trotzdem ist dadurch ja nicht gesagt, daß diese Substanzen unterhalb gewisser Schwellen harmlos sind. Sie werden immerhin verdächtigt, krebserzeugend zu sein, und schädigen die Leber, die Nieren und das Blutkörperchensystem.

Alarmiert sind wir durch Meldungen über Schadstoffe im Trinkwasser. Pestizide werden darin nachgewiesen. In der Bundesrepublik ist zum 1. Oktober 1989 eine neue Trinkwasserverordnung in Kraft getreten, die für einige Schädlingsbekämpfungsmittel ein Überschreiten der EG-Grenzwerte bis zum Hundertfachen erlaubt. Bei dem Präparat Atrazin wurden die zulässigen Höchstwerte in Schleswig-Holstein, in Nordrhein-Westfalen und in Bayern in einem Teil der Wasserversorgungen bereits überschritten.

Intensive Anwendung nitrathaltiger Dünger erhöht den Nitratgehalt in Pflanzen und im Trinkwasser. Bakterien wandeln Nitrat in Nitrit um, das als Zellgift wirkt. Es wird daher davon abgeraten, Säuglinge bis zum 4. Lebensmonat mit Spinat zu füttern. Außerdem können sich aus Nitriten die krebserregenden Nitrosamine bilden. Von den etwa 130 Substanzen dieser Stoffgruppe haben sich 80% im Tierversuch als krebserregend erwiesen. Es herrscht weltweit Übereinstimmung, daß sich der Mensch nicht anders verhält als die untersuchten Tierstämme.

Es wird noch geprüft, inwieweit derartiges Wasser noch zur Aufbereitung von Säuglingsnahrung und als Trinkwasser verwendet werden kann.

Schließlich bestehen Bedenken bei der Anwendung von Hautcremes und Kosmetika. Sie sind fast durchwegs konserviert. Oft wird dazu Formaldehyd verwendet, das ebenfalls krebserzeugender Nebenwirkungen verdächtigt wird. Als Ausweg bleiben Cremes der Babypflege oder Kosmetika ohne Konservierungsstoffe. Der Hinweis „biologische Kosmetik" täuscht hier oft.

Die in der Luft enthaltenen Schadstoffe bedrohen nicht nur unsere Wälder, sondern auch uns Menschen. Ich zitiere hierzu aus dem Bericht des Bayerischen Staatsministeriums des Inneren vom 30. Oktober 1984:

„Eine über Tage anhaltende Verschlechterung der Luftqualität kann auch bei Gesunden Störungen im Befinden auslösen, denen zwar kein Krankheitswert zukommt, die von den Betroffenen jedoch häufig als subjektiv sehr belastend empfunden werden. Anders ist die Situation bei Personen mit reduzierter Abwehrlage wie Säuglingen und älteren Menschen sowie bei chronisch kranken Menschen. Hier kann die Verschlechterung der Luftqualität im Zusammenspiel mit klimatischen und individuellen Faktoren zum Auftreten von Krankheitserscheinungen führen."

Die menschliche Gesundheit ist durch Luftschadstoffe in zweifacher Hinsicht gefährdet. Zum einen kommt es zu einer direkten schädigenden Einwirkung auf die menschliche Gesundheit; zweitens kommt es durch die fortschreitende Zerstörung des Ökosystems Wald zu einem Nachlassen der Luftfilterfunktion und damit zu einer verstärkten Einwirkung von Schadstoffen auf den Menschen.

Die Art der Gesundheitsschädigung der verschiedenen Schadstoffe ist hinreichend bekannt. Nach Angaben des Umweltbundesamtes gilt Benzpyren, das bei unvollständigen Verbrennungsvorgängen entsteht und sich zum Beispiel im Tabakrauch sowie in den Abgasen von Kraftfahrzeugen befindet, als stark krebserzeugende Substanz.

Kohlenmonoxyd entsteht ebenfalls bei unvollständiger Verbrennung. Hauptverursacher sind Kraftfahrzeugmotoren, Industrie und Hausheizung. Es blockiert die Sauerstoffaufnahme in das Blut und führt zu Kopfschmerzen, Schwindel, Übelkeit, Ohrensausen und in hoher Konzentration zu Bewußtlosigkeit.

Schwefeldioxyd entsteht überwiegend beim Verbrennen schwefelhaltiger Energieträger wie Kohle und Erdöl. Es reizt Haut und Schleimhäute und führt in höheren Konzentrationen zu Atembeschwerden. Stickstoffoxyde entstehen bei Verbrennungsprozessen insbesondere beim Kraftfahrzeugverkehr. Sie wirken akut reizend auf die Atemwege und schädigen langfristig das Lungengewebe. Dies führt zu einer Verminderung der Infektionsresistenz und erhöht die Häufigkeit von Atemwegserkrankungen.

1970 erreichte die Schwefeldioxydkonzentration in der Luft der Bundesrepublik ihren Höchstwert und ist seitdem bis heute kontinuierlich zurückgegangen. In demselben Zeitraum haben die Stickstoffoxyde in der Atemluft kontinuierlich zugenommen. Daraus ergibt sich ein etwa gleichbleibender Grad der Luftverschmutzung innerhalb der Bundesrepublik in den letzten Jahren.

Der Kraftverkehr und die Haushalte geben die Schadstoffe in Bodennähe ab, wo sie in unmittelbarer Nähe der Wasserquellen Schäden anrichten können, während die Industrie und die Kraftwerke die Abgase durch hohe Schornsteine in Luftschichten über 100 m Höhe abgeben. Da sich die Schadstoffe dort durch Winde sehr schnell weiträumig verteilen, sind Entstehungs- und Wirkort nicht mehr identisch. Die in der Bundesrepublik entstehenden Schadstoffe werden durch den Wind natürlich auch in die Nachbarländer transportiert, ebenso wie von unseren Nachbarn im Osten (Polen und der CSFR) und unseren westlichen Nachbarn (Frankreich, Belgien und England) Schadstoffe zu uns importiert werden.

Folgende Atemwegserkrankungen werden durch die Luftverschmutzung mit verursacht:

1. Der akute Infekt der oberen Luftwege wird meist durch Viren ausgelöst und führt zur Reizung der Schleimhäute mit Schnupfen, Halsweh, Husten und eventuell Fieber. Eine erhöhte Schadstoffbelastung der Luft vermindert die Widerstandskraft des Körpers und erhöht die Infektanfälligkeit. Die verstärkte Schädigung der Schleimhäute kann zu einem längerdauernden Husten führen.

2. Der Pseudo-Krupp-Husten des Kleinkindes beginnt mit Heiserkeit und bellendem Husten; es findet sich ein bei Einatmung hörbares Atemgeräusch und es kann schließlich Atemnot und Unruhe bis zur Blauverfärbung auftreten. Diese Erkrankung tritt nur bei Säuglingen und Kleinkindern wegen der engen anatomischen Verhältnisse im Bereich des Kehlkopfes auf und ist virusbedingt. Schlechte Luftverhältnisse, die umweltbedingt sein können, ebenso aber auch durch Zigarettenrauchen ausgelöst werden, verschlimmern die Beschwerden.

3. Die Bronchitis ist meist ein Virusinfekt, mit Husten verbunden. Zigarettenrauchen und Schadstoffe der Luft führen zu einer Verschlimmerung bis zur spastischen Bronchitis mit Verkrampfung der Bronchien.

4. Asthma, meist allergisch bedingt, wird durch psychische Faktoren ebenso wie durch Luftverschmutzung verschlimmert.

5. Das Lungenemphysem ist eine chronische Erkrankung des Lungengewebes, bei dem die Lungenbläschen so geschädigt sind, daß sie nicht mehr elastisch sind und damit die Lungenatmung beeinträchtigt wird. Es handelt sich hier um einen Alterungsvorgang der Lunge, der insbesondere durch

Zigarettenrauchen und Luftschadstoffe verschlimmert wird.

6. In der Bundesrepublik gibt es jährlich etwa 25.000 Lungenkrebserkrankungen, die in erster Linie durch das Zigarettenrauchen verursacht sind, für die aber zusätzlich die Luftverunreinigung als Ursache mit angesehen wird.

Am 19. Januar 1985 wurde im westlichen Ruhrgebiet die höchste Smogalarmstufe ausgerufen. Die Innenstädte wurden für den privaten Autoverkehr gesperrt. Die Kraftwerke mußten auf schwefelarme Brennstoffe umgestellt werden.

In der Woche vom 3.-9. Januar 1985 ließ eine ausgeprägte Inversionswetterlage die Schwefeldioxydkonzentration in der Luft über Bayern in einem beängstigenden Maße ansteigen. Im Raum Nürnberg, in Hof, Selb und Bayreuth erreichte das Drei-Stunden-Mittel des Schwefeldioxyds Werte, die über 0,6 mg pro m^3 Luft lagen. Am 8. Januar 1985 gab das Landesamt für Umweltschutz deshalb eine Vorwarnung für den Smogalarm. In Nürnberg-Schweinau (im Bereich des Kraftwerkes Franken 1) wurden Meßwerte von 0,98 mg pro m^3 Schwefeldioxyd gemessen. Nach dem jetzigen wissenschaftlichen Stand treten Beschwerden und Atemwegserkrankungen bereits bei einer Konzentration ab 0,2 mg Schwefeldioxyd pro m^3 Luft auf, wenn diese Konzentration mehrere Stunden anhält.

In den Jahren 1976 bis 1983 ist in Bayern eine deutliche Verringerung der Schwefeldioxydemissionen aus bayerischen Kraft- und Heizwerken von 430.000 Tonnen pro Jahr auf 105.000 Tonnen erzielt worden. Durch die Entschwefelung weiterer Kraftwerke im Laufe dieses Jahrzehnts plant das Land Bayern eine Absenkung der Schwefeldioxydwerte auf unter 50.000 Tonnen pro Jahr und damit auf rund 10% des Wertes von 1976.

Diese positive Entwicklung wird aber durch eine negative Entwicklung beim Kraftfahrzeugverkehr wieder aufgehoben. Die Zahl der in der Bundesrepublik zugelassenen Kraftfahrzeuge nimmt ständig zu, desgleichen die Geschwindigkeiten und auch die Menge der Stickoxydabgase aus dem Kraftfahrzeugverkehr.

Die Einführung des schadstoffarmen Autos geht so langsam vor sich, daß mit einer Abnahme der durch den Kraftfahrzeugverkehr erzeugten Schadstoffe bei der jetzigen Politik in den nächsten zehn Jahren nicht zu rechnen ist.

Für die einzelnen Schadstoffe sind vom Bundesgesundheitsamt Höchstgrenzen vorgeschrieben. Wir wissen jedoch heute überhaupt noch nicht, wie die Summe der einzelnen Schadstoffe auf den menschlichen Organismus wirkt, die über die Luft und über die Nahrung in unseren Körper gelangen. Wie hoch die Schadstoffkonzentration im Laufe eines Menschenlebens anwachsen kann, läßt sich daraus ablesen, daß das Bundesgesundheitsamt davon abgeraten hat, Säuglinge länger als sechs Monate ohne Kontrolle der Muttermilch zu stillen. Die Schadstoffkonzentration in der Muttermilch ist so hoch geworden, daß das Bundesgesundheitsamt sich zu dieser Maßnahme veranlaßt sah.

Was können wir tun, um die Situation für uns und unsere Kinder zu verbessern? Wir sollten damit bei uns selbst anfangen:

Rauchen Sie nicht mehr! Das Rauchen schädigt nicht nur Ihre Gesundheit, sondern auch die Ihrer Kinder. Wenn man in der Kindheit durch das Rauchen der Eltern in der häuslichen

Wohngemeinschaft jahrelang zum Einatmen von Zigarettenrauch gezwungen war, führt dieses permanente Passivrauchen zu einer Erhöhung des allgemeinen Krebsrisikos im Erwachsenenalter. Leukämie, Gebärmutterhalskrebs, Brustkrebs sind bei diesen Kindern wesentlich häufiger.

Reduzieren Sie Ihren Müll. Sortieren Sie ihn vor. Geben Sie Ihren Naßmüll (wenn möglich) auf den Kompost. Sortieren Sie Papier und Glas extra und geben Sie es nicht zur Müllabfuhr. Vermeiden Sie umweltfeindliche Kunststoffe. Plastiktüten und andere Kunststoffe lösen sich auf den Mülldeponien nicht auf. Bei der Müllverbrennung entstehen daraus giftige Schadstoffe, die in unsere Atemluft gelangen.

Benutzen Sie nach Möglichkeit umweltfreundliche Verkehrsmittel. Fahren Sie mit der Bahn. Die Bundesregierung hat den Autoverkehr als Hauptverursacher des Waldsterbens offiziell anerkannt. Erwerben Sie am besten nur noch ein Auto mit geregeltem Katalysator; rüsten Sie Ihr Altauto mit Katalysator aus! Tanken Sie bleifrei! Fahren Sie freiwillig langsam!

Gehen Sie mit Ihrer Heizung und Ihrer Warmwasserbereitung sparsam und umweltfreundlich um.

Da die Haupterzeuger der Schadstoffe die Industrie und der Autoverkehr sind, kann nur durch politische Maßnahmen eine grundlegende Veränderung bewirkt werden.

Für eine Gemeinde muß dies bedeuten: Minderung der Luftverschmutzung im Ortsbereich durch verkehrsberuhigende Maßnahmen, Minderung des Individualverkehrs durch Verbesserung des Angebots der öffentlichen Verkehrsmittel.

S-Bahnen und U-Bahnen haben nur einen Sinn, wenn wir sie zu Tarifen benutzen können, die günstiger sind als die Benutzung eines Autos. Da sich Bahnhöfe häufig am Rand von Ortschaften befinden, ist ein preisgünstiger Zubringerdienst notwendig. Solange es bequemer und billiger ist, mit dem Auto zu fahren, wird sich an den Verhältnissen nichts ändern.

Fünfundvierzig Jahre nach Kriegsende ist die Wiederaufbauphase endgültig abgeschlossen. Das Streben nach weiterem Wirtschaftswachstum führt zu immer mehr zunehmenden Belastungen für die Umwelt und den Menschen. Die in Landwirtschaft und Industrie für das Wachstum an Produkten und an Gewinn erforderliche Rationalisierung zerstört Arbeitsplätze. Politiker, die weiterhin auf rücksichtsloses Wachstum in umwelt- und menschenfeindlichen Bereichen setzen, zerstören unsere Lebensbedingungen und vermindern die Lebensqualität unseres Lebens und des Lebens unserer Kinder.

Ohne ein Umdenken bei den verantwortlichen Politikern werden keine wirksamen Veränderungen möglich sein. Dies muß auf allen politischen Ebenen durch große Anstrengungen geschehen.

Ziel einer Gesundheitspolitik muß es auch sein, Anwendungen und Freisetzungen gesundheitsschädigender Substanzen zu verhindern. Dann können derartige Stoffe nicht in Nahrungsmittel, Wasser, Hautcremes und die Luft gelangen.

Kernenergie

„Unter der Hypothese, daß sämtliche Notkühlsysteme eines Kernreaktors nicht mehr funktionieren würden, entsteht der nicht mehr beherrschbare hypothetische Unfall, der Super-Gau.

Einen solchen Super-Gau kann man bei 30 Kernkraftwerken in der Bundesrepublik einmal innerhalb von 200.000 Jahren erwarten." So stand es 1980 in dem Heft „Reaktorunfall", herausgegeben von der Bayerischen Landesärztekammer. Das Aufheizen auf Temperaturen von 2.500 bis 3.000 Grad wandelt die gesamte Brennelementanordnung in eine lavaähnliche Masse, die Kernschmelze. Diese Kernschmelze ist mit den in den heutigen Reaktoren verwendeten Technologien nicht mehr beherrschbar. Etwa eine Stunde nach dem Ausfall der Notkühlsysteme stürzt die sich weiter aufheizende Masse durch den Boden des Reaktordruckbehälters auf den Grund des Reaktorgebäudes. Etwa drei bis vier Stunden sind inzwischen vergangen. Es kommt zu einem Überdruck, der dazu führt, daß irgendwann der Sicherheitsbehälter bei einem Druck von 8 bis 10 Bar aufreißt. Man kann sich vorstellen, daß Leitungen, die durch den Sicherheitsbehälter führen, zerdrückt werden. Der im Sicherheitsbehälter aufgebaute Überdruck entweicht. Beim Reaktorunfall entweicht die Aktivität über eine relativ lange Zeit von etwa einer Stunde, und es bildet sich eine Art Wolke, in der die freigesetzte Aktivität enthalten ist. Strahlungsblitz, Hitzeblitz und Druckwelle wie bei einer Atombombe treten nicht auf. Man kann davon ausgehen, daß nicht das gesamte Aktivitätsinventar des Reaktors in die Umwelt gelangt.

In einem Reaktor befinden sich etwa 100 Tonnen Uran. Gasförmige Spaltprodukte wie die Edelgase Xenon und Krypton werden zu 100% freigesetzt und gelangen in die Umwelt. Substanzen wie Jod, Brom, Cäsium und Tellur werden herausgerissen. Man rechnet für diese Stoffe mit Freisetzungsanteilen von 10%. Schwere flüchtige Stoffe wie Barium und Strontium werden mit einem geringeren Anteil freigesetzt. Die Ausbreitung der Radioaktivität hängt vom Wind ab und vom Niederschlag. Ohne Wind wird die Belastung in der Nähe des Reaktors hoch sein. Bei starkem Wind wird die radioaktive Wolke verweht. Die Ausdehnung des Sektors wäre relativ groß in Windrichtung. Kritische Werte für die Bevölkerung könnten noch in einer Entfernung von mehreren 100 Kilometern auftreten. Bei starkem Wind und gleichzeitigem Niederschlag kommt es als Extremfall zu einer hohen Bodenkontamination bis 100 km Entfernung. Für die in der Nähe des Reaktors auftretende Strahlung ist die alte Einheit in Curie verwendbar. Sie ist 37 Milliarden mal größer als ein Becquerel. Ein Becquerel ist ein Zerfall pro Sekunde. In einer Entfernung von 1 km muß mit einer Aktivität bis zu einem Kilo-Curie pro m^2 gerechnet werden. In einer Entfernung von 10 km in Windrichtung kommt es von 1 bis 10 Curie pro m^2. Bis in eine Entfernung von 100 km zieht sich ein Gürtel mit einem Curie pro m^2.

Die Strahlenexposition von Personen, die sich in dem von der radioaktiven Wolke bestrichenen Sektor aufhalten, hängt von mehreren Größen ab. Es kommt zu

a. externer Ganzkörperbestrahlung durch die vorüberziehende Wolke;

b. externer Ganzkörperbestrahlung durch die am Boden befindlichen Radionukleotide;

c. interner Bestrahlung bei Inhalation radioaktiver Stoffe;

d. interner Bestrahlung nach Aufnahme radioaktiver Stoffe mit der Nahrung.

Das bayerische Staatsministerium gab 1985 eine Broschüre heraus: „Strahlenschutz, Radioaktivität und Gesundheit“, in der die Frühsymptome bei einer akuten Ganzkörperbestrahlung beschrieben sind. Das Maß für die Wirkung einer ionisierenden Strahlung auf den Menschen ist die Äquivalentdosis. Die alte Einheit dafür ist Rem. Neuerdings wird sie auch in Sievert angegeben. Die Schwellendosis liegt bei 25 Rem. Dabei kommt es zu erfaßbaren Veränderungen im Blutbild mit Absinken der Lymphozyten und zur möglichen Schädigung einer Schwangerschaft. Bei 100 Rem finden sich eine vorübergehende Strahlenkrankheit und nach einer Latenzzeit von zwei bis drei Wochen Haarausfall, Durchfälle und Hautblutungen. Die schwere Strahlenkrankheit tritt bei 400 Rem auf mit Übelkeit und Erbrechen am 1. Tag, Verschwinden der Lymphozyten aus der Blutbahn. Nach zehn bis 14 Tagen Haarausfall, Appetitmangel, Unwohlsein, Durchfälle, Entzündungen in Mund und Rachen, innere Blutungen, Fieber, bei Männern lebenslange Sterilität und bei Frauen Zyklusstörungen. Bei fehlenden Therapiemaßnahmen ist mit etwa 50% Todesfällen zu rechnen. Höhere Bestrahlungen führen zur tödlichen Strahlenkrankheit mit einer Mortalität von fast 100%.

Aktuelle Fragen zur Radioaktivität anläßlich des Reaktorunfalles in Tschernobyl:

Am 25. April 1986 kommt es zu einer Störung der Reaktorkühlung in Tschernobyl. Es erfolgt eine schnelle Überhitzung im Reaktor und es treten folgenschwere chemische Reaktionen ein. Am Samstag den 26. April 1986 beginnt der erhitzte Reaktorkern zu schmelzen. Der Graphit, in dem die Brennstäbe gelagert sind, entzündet sich. Die Werksleitung hat vermutlich noch Zeit, einen großen Teil der zwei- bis dreitausend Angestellten auf dem Werksgelände in Sicherheit zu bringen. Am Sonntag den 27. April 1986 kommt es zu einer gewaltigen Explosion. Ein Teil des Gebäudes wird zerstört. Radioaktive Teile des Kernbrennstoffes treten aus. Bei der Explosion werden nach sowjetischen Angaben zwei Menschen sofort getötet und 25 so starken Strahlungen ausgesetzt, daß sie kaum Überlebenschancen haben. An die 200 Verletzte werden in die Krankenhäuser gebracht. Die ukrainische Regierung legt einen 30-km-Sperrkreis um das Katastrophengebiet. Busse aus Kiew evakuieren die Einwohner der Ortschaft Pripjatj und dreier benachbarter Gemeinden, insgesamt 49.000 Menschen. Bereits am Abend desselben Tages werden an der finnischen Grenze erhöhte Strahlenwerte gemessen. Am Montag den 28. April 1986 kommt es in ganz Skandinavien zu abnorm hoher Radioaktivität. Um Mitternacht desselben Tages wird mit einer knappen Meldung aus der Sowjetunion zugegeben, daß sich in Tschernobyl ein Unglück ereignet habe.

Am 1. und 2. Mai 1986 wird in der Bundesrepublik in der Luft eine erhöhte Radioaktivität festgestellt. Es wird empfohlen, Säuglinge und Kleinkinder bei geschlossenen Fenstern schlafen zu lassen und sie nicht unnötig ins Freie zu bringen. Die dann einsetzenden Niederschläge, insbesondere in Südbayern, führen zu einer Abnahme der radioaktiven Belastung der Luft, und die radioaktiven Stoffe gelangen auf den Boden und ins Gras. Am 2. und 3. Mai 1986 wird empfohlen, nur noch Milch zu verwenden, die auf ihre Radioaktivität geprüft wurde. Es wird ein Höchstwert für Milch von 500 Bequerel pro Liter festgelegt. Meine Anfrage bei der Bayerischen Milchversorgung Nürnberg ergibt am 2. Mai einen Meßwert von 47 Becquerel pro Liter Milch. In Nürnberg wird am Wochenende des 3./4. Mai 1986 die Radioaktivität gemessen. Die EWAG teilt mit, daß das Oberflächenwasserwerk in Erlenstegen am Freitag stillgelegt worden ist. Die radioaktive Belastung im Stadtgebiet beträgt in der Luft am 4. Mai das Drei- bis Fünffache des Normalwertes. Sie liegt zwischen 20 und 30 Becquerel pro m^3 Luft. Am Montag den 6. Mai wird dann vor dem Verzehr von Blattgemüse gewarnt. Spinat, Feldsalat, Schnittlauch und ähnliche Kräuter aus dem Freilandanbau sollen nicht mehr verzehrt werden.

Über die realen Verhältnisse in der Sowjetunion bezüglich dieses Unglücks lagen uns zunächst keine genauen Angaben vor. Zu einer immer noch relativ hohen Belastung muß es in Rumänien, Ungarn und Polen gekommen sein. Dort wurden sogar vorsorglich Jodtabletten ausgegeben.

In der Bundesrepublik trat durch den Unfall in Tschernobyl nicht die Gefahr der akuten Strahlenkrankheit auf. Es kam jedoch zu einer Erhöhung der radioaktiven Belastung der Bevölkerung. Dazu sind in dem Heft „Strahlenschutz“ des bayerischen Staatsministeriums von 1985 genaue Angaben gemacht worden, die für das Verständnis wichtig sind. Für die Bevölkerung der Bundesrepublik geht man von einer mittleren Strahlenbelastung aus natürlichen Strahlenquellen von 125 m-Rem pro Jahr aus. Diese setzt sich zusammen aus der kosmischen Strahlung, aus der Erdstrahlung, der Strahlung in Wohnungen und durch vom Körper aufgenommene radioaktive Stoffe. In einer Generation werden im Mittelwert 3,75 Rem aufgenommen, im Kreis Wunsiedel in Oberfranken 6,2 Rem.

Bei Ganzkörperbestrahlung von 1 Million Personen mit 1 Rem kommt es zu etwa 150 zusätzlichen Krebs- und Leukämie-Todesfällen; beobachtet in Hiroshima, Nagasaki, in der Umgebung der Bikini- und Morouroa-Atolle.

Zum Schluß noch zum bevölkerungsgenetischen Strahlenrisiko. In Hiroshima und Nagasaki ließen sich bei den Kindern seinerzeit bestrahlter Eltern bisher keine gesicherten Beweise für erhöhte genetische Schäden erbringen, obwohl bei den Eltern die Chromosomenstörungsrate deutlich erhöht ist. Man muß jedoch davon ausgehen, daß nach einem Bericht einer internationalen Strahlenkommission von 1980 bei einer Erhöhung der Bestrahlung um 1 Rem ein Anwachsen der ernsten genetischen Schäden um 60 bis 1100 Fälle auf 1 Million Neugeborener auftritt.

Als Resultat aus diesen Zahlen ist zu ziehen, daß jede Erhöhung der Strahlenbelastung eine Zunahme der Häufigkeit von bösartigen Erkrankungen und Veränderungen der Erbanlagen bewirkt und wir uns deshalb bemühen müssen, die radioaktive Belastung für uns und im besonderen für unsere Kinder gering zu halten. Dies ist der Grund dafür gewesen, daß empfohlen wurde, für Säuglinge und Kleinkinder auf Trockenmilch umzusteigen, daß der Genuß von stärker verunreinigtem Blattgemüse vermieden werden sollte und daß für die Milch Höchstwerte angesetzt wurden.

Die Einheit Becquerel, die die Aktivität einer radioaktiven Substanz angibt (benannt nach dem französischen Physiker Henri Becquerel) zeigt 1 Zerfall pro Sekunde an. Ein schnell zerfallendes Isotop wie das Jod 131 bewirkt eine hohe radioaktive Strahlung. Es wird innerhalb einer Woche zur Hälfte abgebaut, und nach drei bis vier Wochen ist die Radioaktivität verschwunden. Andere radioaktive Stoffe mit einer längeren Zerfallszeit strahlen nicht so intensiv, aber ihre radioaktive Wirkung hält länger an. Bisher kamen zu den 110 m-Rem natürlicher Strahlenbelastung des Bundesbürgers pro Jahr und der jährlichen Belastung von 50 m-Rem aus medizinischen Quellen etwa 10 m-Rem aus kerntechnischen Anlagen, Forschungsinstituten und das Fallout von oberirdischen Atomtests pro Jahr hinzu. Auf diese Jahresbelastung von knapp 200 m-Rem kommen nun die zusätzlichen Dosen – je nach Wohnort – durch das Reaktorunglück von Tschernobyl. Etliche der vermutlich vielen hundert verschiedenen freigewordenen Radioisotope sind so instabil, daß sie in Sekunden oder Stunden zu stabilen, nichtstrahlenden Atomen zerfallen. Andere wie Jod 131 oder Cäsium 137 zerfallen in Tagen, Jahren und sogar Jahrtausenden jeweils zur Hälfte. Die Halbwertszeit des Plutoniums liegt bei etwa 25.000 Jahren. Was uns jetzt noch bleibt, sind die langlebigen Radioisotope wie die des Plutoniums, Strontiums und Cäsiums. Die genaue Konzentration dieser langlebigen Isotope in dem radioaktiven Fallout von Tschernobyl ist uns bis heute nicht bekannt. Wir können daher auch nicht genaue Aussagen machen, welche Konzentrationen an diesen radioaktiven Stoffen über die Nahrungskette, also über die Milch, über das Fleisch, über das Gemüse und schließlich auch über das Trinkwasser, in unsere menschlichen Körper gelangen werden.

In der Bundesrepublik dürfte die Dosis des Fallouts von Tschernobyl weit unter dem Wert von 5 Rem geblieben sein. Er gilt als Höchstgrenze für beruflich mit Strahlung in Berührung kommende Bürger. Für die übrige Bevölkerung gilt als Obergrenze die zusätzliche Strahlenbelastung von 30 m-Rem pro Jahr. Bei einer zusätzlichen Belastung von 1 Rem bei einer Million Menschen ist mit 100 bis 200 Krebstoten zusätzlich zu rechnen.

Am Institut für Radiologie und am physikalischen Institut der Universität Erlangen-Nürnberg wurden rasch und unbürokratisch genaue Messungen der Radioaktivität nach Tschernobyl durchgeführt. Aus der Zusammenfassung lassen sich besondere Belastungen entnehmen. Milch von Grünfutterkühen erreichte bis 300 Becquerel pro Liter. Blattgemüse und Kräuter aus Freilandanbau sowie Honig waren von Anfang bis Mitte Mai 1986 generell mit Werten oberhalb der Grenzwerte für Jod und Cäsium belastet. Anfang Juli 1986 sind Beerenfrüchte mit 250 Becquerel pro kg Cäsium und Wildfleisch mit 600 Becquerel pro kg Cäsium immer noch beträchtlich belastet. Die Gefahr durch Einatmen von hochaktiven heißen Teilen kann noch nicht abschließend bewertet werden.

Die langfristige Belastung wird mit durchschnittlich 100 m-Rem bis 1 Rem für den Erwachsenen in den nächsten 50 Jahren angegeben. Für Kleinkinder läßt sich wegen des hohen Milchanteils in der Nahrung ein um 50-100% höherer Wert abschätzen. Danach ist mit 600 bis 6.000 zusätzlichen Krebstoten in den nächsten 50 Jahren in der Bundesrepublik zu rechnen. Bei den genetischen Schäden ist mit 240 bis 2.400 zusätzlichen Fällen pro Generation in der Bundesrepublik zu rechnen.

Am 1. und 2. Mai 1986 wird im Rundfunk ein Rückgang der Radioaktivität gemeldet, während das physikalische Institut einen steilen Radioaktivitätsanstieg verzeichnet.

Die Oberbürgermeister der Städte Nürnberg, Fürth und Erlangen empfehlen am 6. Mai 1986, Sandkästen, Spiel- und Sportplätze sollten vor allem von Kleinkindern nicht benutzt werden. Alle Altersgruppen sollten sich nicht ins Gras legen. Weitere Empfehlungen ergaben sich aus den zuvor erwähnten Meßergebnissen.

Über die Probleme mit der radioaktiven Molke wurde in der Presse ausführlich berichtet. Bis 1989 standen immer noch streng bewachte Güterzüge mit Molke auf Abstellgleisen in der Bundesrepublik Deutschland.

Im Bayerischen Ärzteblatt wird im Oktober 1986 ein Merkblatt der bayerischen Gesellschaft für Nuklearmedizin veröffentlicht mit dem Resultat, daß die Belastung von Tschernobyl in Beziehung zu der auf der Erde vorhandenen natürlichen unterschiedlichen Strahlenbelastung zu setzen sei; als Schlußsatz steht dort: „Nur die Dosis macht das Gift."

Zweifellos ist es schwierig und unsicher, das individuelle Risiko zu berechnen. Auf keinen Fall dürfen die Folgen der atomaren Katastrophe von Tschernobyl als vernachlässigbar angesehen werden. Im Herbst 1986 zeigte sich der Anstieg des Cäsiums in der Nahrungskette, besonders bei Wild, Pilzen, Süßwasserfischen, Johannisbeeren, Kirschen, Rentieren und Haselnüssen.

1987 trat bei den staatlichen Behörden eine zunehmende Ermüdung ein, Meßwerte zu veröffentlichen. Die von der Europäischen Gemeinschaft festgesetzten Grenzwerte von 600 Becquerel pro kg wurden nicht mehr überschritten. Die aufgeklärte Bevölkerung beachtete die spärlichen Hinweise trotzdem. Eine Informationsquelle wurde die „Unabhängige Strahlenmeßstelle in Berlin". Hier wurden 1987/1988 wichtige Hinweise gegeben. Relevante Unterschiede bestanden beispielsweise bei der Strahlenbelastung der Nußschokolade durch radioaktive Haselnüsse. Auch bei Barschen und Rehwild ließ sich Ende 1987 eine Belastung von über 300 Becquerel pro kg feststellen. Im Herbst 1988 wurde von offizieller Seite vor dem Verzehr von Maronen gewarnt. Im Januar 1991 finden sich immer noch erhöhte Meßwerte bei verschiedenen Nahrungsmitteln. Die radioaktive Belastung ist weiterhin besonders hoch bei Rehfleisch aus München mit 522 Becquerel, bei Rentierfleisch aus Finnland mit 518 Becquerel, bei Maronenröhrlingen mit 880 Becquerel und bei türkischem Tee mit 253 Becquerel.

Im November 1989 gibt die Regierung Weißrußlands bekannt, daß die Bevölkerung aus insgesamt 526 Ortschaften, die durch das Kernkraftunglück von Tschernobyl radioaktiv verseucht wurden, möglichst bald umgesiedelt werden soll. Die Kosten werden auf etwa sechs Milliarden DM geschätzt. Prof. Dr. med. E. Lengfelder vom Strahlenbiologischen Institut der Universität München berichtet im April 1991 über mehrere Besuche in der radioaktiv verseuchten Region der Sowjetunion. Eine Landfläche von 10.000 km^2 sei besonders hoch belastet. Die Zahl der jungen Männer, die mit Aufräumungs- und Dekontaminationsarbeiten in der Umgebung des Unglückreaktors beauftragt waren, wird mit 600.000 angegeben. Von diesen hat eine große Zahl schwere Strahlenschäden erlitten. Viele bedürfen fortlaufend ärztlicher Behandlung. Viele Menschen waren besonders im ersten Jahr nach dem Unfall hohen Strahlendosen ausgesetzt. Bis Ende 1990 wurden davon etwa 200.000 Menschen umgesiedelt, für über 100.000 Menschen steht die Umsiedlung noch aus. Millionen von Menschen sind in ihrer Gesundheit beeinträchtigt, vielfach geschädigt.

Zusammenfassend ist zu sagen:

1. Atomreaktoren sind die Voraussetzung für die atomare Bedrohung durch Kernwaffen.

2. Auch die zivile Nutzung der Kernenergie birgt beträchtliche Risiken.

Da das Problem der Endlagerung der radioaktiven Abfälle ungelöst ist, führt der weitere Ausbau der Kernenergie zur Zunahme der radioaktiven Belastung weltweit. Welche Schwierigkeiten sich bereits heute daraus für die Atomindustrie ergeben, zeigt der Atommüllskandal 1988. Die falsch deklarierten Atommüllfässer sind Ausdruck der Schwierigkeiten bei der Entsorgung. Die Wiederaufbereitung der radioaktiven Brennstäbe der BRD soll nicht mehr in Wackersdorf, wo bereits ein Zwischenlager dafür errichtet wurde, sondern in La Hague in Frankreich sowie in Sellafield in England erfolgen. Dabei läßt sich bereits jetzt ein Anstieg der Radioaktivität in der Nordsee nachweisen. Die Probleme mit dieser Technik werden damit nur aus der Bundesrepublik nach Frankreich und England verlagert und sind damit nicht gelöst. Der hochradioaktive Restmüll muß von der BRD aus Frankreich und England zurückgenommen werden.

Für die Wiederaufbereitung ist Plutonium erforderlich. Diese radioaktive Substanz kommt natürlicherweise auf der Erde nicht vor. Plutonium ist wohl die radioaktive Substanz von der höchsten Gefährlichkeit, die es auf der Erde gibt. Spuren davon genügen, um eine ganze Region radioaktiv zu verseuchen. Die Halbwertszeit des Plutoniums, das heißt, bis seine Radioaktivität um 50% abgebaut ist, liegt bei 20.000 Jahren. Diese Substanz muß zwischen den Kraftwerken und der Wiederaufbereitungsanlage hin- und hertransportiert und soll schließlich in den Salzstöcken von Gorleben endgelagert werden. Mit einer Lagerungszeit von 100.000 Jahren ist zu rechnen. Experten bezweifeln die Sicherheit von Salzstöcken. Darüber hinaus ist Plutonium der Stoff, der für die Produktion von Atombomben erforderlich ist.

Es ist deshalb von der Bundesregierung zu fordern, nicht riskante Techniken mit Milliarden Steuergeldern einseitig zu fördern, sondern dieses Geld für eine umweltfreundliche und risikolose Energieversorgung zu verwenden. Dazu gehören intensive Energieeinsparungen, Wärmekraftkopplung bei Öl, Kohle und Gas, also der Verbindung Stromerzeugung und Fernwärme; Ausbau von Wind- und Sonnenenergienutzung. Natürlich muß die Sicherheit der vorhandenen Energieerzeuger optimiert werden. Das CO_2 aus den fossilen Energieerzeugern darf nicht zur Aufheizung der Atmosphäre führen, ebenso wie die Entschwefelung vervollständigt werden muß. Betrieb und Entsorgung vorhandener Atomkraftwerke muß optimal gesichert werden. Ein geordneter Rückzug aus der Kernenergie ist notwendig.

Allerdings setzt die Bundesregierung im Bereich der Energieversorgung auf Wachstum. Bereits heute verfügen wir über eine Überkapazität an elektrischem Strom. Selbst bei extrem hohem Stromverbrauch müssen die Elektrizitätswerke nicht alle Kraftwerke nutzen. Diese Überkapazität verteuert den Strom.

Zugleich mit den Gefahren aus Luftverschmutzung und Kernenergie droht ein weltweiter Temperaturanstieg durch die Anreicherung der Erdatmosphäre mit Kohlendioxyd, Stickoxyden, Methan und Fluor-Chlor-Kohlenwasserstoffen. Es kommt nach den Gesetzen der Strahlungsphysik zu einer globalen Erwärmung. Mit Dürreperioden, Hitzewellen und Überschwemmungskatastrophen ist langfristig zu rechnen.

Hier stellt sich in der notwendigen drastischen Reduktion der Emissionen eine gigantische Zukunftsaufgabe. Sie wird nur lösbar sein, wenn Gelder, die heute in übertriebener Weise der Rüstungsindustrie, der Atomindustrie, der Autoindustrie und der Pharmaindustrie zufließen, auch für diese Aufgabe zur Verfügung stehen.

Nachwort

Die Staatsgalerie moderner Kunst in München zeigt eindrucksvoll die Kunstentwicklung im 20. Jahrhundert. Moderne Kunst ist Ausdruck geistiger Freiheit. Schlimmster Anschlag auf die Freiheit des Geistes war der nationalsozialistische Bildersturm vor fünfzig Jahren.

Am Ende der Ausstellung wurde im März 1988 ein Kunstwerk von Beuys gezeigt mit dem Titel: „Ende des 20. Jahrhunderts". Die erste Intuition, die uns dabei kommt, ist, daß der Untergang der Menschheit damit gemeint sein könnte. Überlegen wir weiter, so kann es auch einfach Ende des 20. und Übergang ins 21. Jahrhundert bedeuten. Der Titel kann aber auch aussagen, daß das 20. Jahrhundert endet und ein Neuanfang der Menschheit zum Guten beginnt. Denkbar sind alle drei Möglichkeiten. Anstreben wollen wir die zuletzt genannte Möglichkeit. Laßt uns unsere Kraft und unseren Geist benutzen, dieses Ziel zu erreichen.

Literaturverzeichnis

1. Alan Moorehead, Darwins große Reise, Köln-Lövenich 1982
2. Pinchas Lapide, Wie liebt man seine Feinde, Mainz 1984
3. Hans Küng, Existiert Gott?, München 1981
4. Lutz, Timm und Hirsch, Neues Testament, München 1980
5. Willy Heudtlass, J. Henry Dunant, Biographie, 4. Auflage, Stuttgart 1962
6. J. Henry Dunant, Eine Erinnerung an Solferino,Zürich 1942
7. Jean-Claude Favez, Le CICR, les deportez et les camps de concentration dans le Troisième Reich, Lausanne und Paris 1988
8. Anneliese Knoop-Graf und Inge Jens, Willi Graf, Briefe und Aufzeichnungen, Frankfurt am Main 1988
9. Joseph D. Douglass jr., Sowjetische Militärstrategie in Europa, München 1980
10. Till Bastian, Friedensnobelpreis für 140.000 Ärzte, Reinbeck 1985
11. Ärzte warnen vor dem Atomkrieg, Rundbrief, Verlag Dr. Barbara Hövener, Berlin
12. Einführung in den Kursus der Radiologie einschließlich Strahlenschutzkurs, Institut für Physikalische und Medizinische Strahlenkunde der Universität Erlangen-Nürnberg, 1971
13. Forschungsberichte des Physikalischen Institutes der Universität Erlangen-Nürnberg, Auswirkungen von „Tschernobyl“ auf Mittelfranken, 1986
14. Strahlenschutz, Radioaktivität und Gesundheit, Bayerisches Staatsministerium für Landesentwicklung und Umweltfragen, München 1985
15. Der Reaktorunfall, Schriftenreihe der Bayerischen Landesärztekammer, München 1980
16. „Auswirkungen der Luftverschmutzung auf die menschliche Gesundheit“, Tagespunkt zum Protokoll der Sitzung des Ausschusses für Jugend, Familie, Gesundheit vom 22.02.1984 in Bonn
17. Umwelt-Atlas der Bundesrepublik Deutschland der Zeitschrift „GEO“

18. Daten des Bayerischen Staatsministeriums für Umweltfragen zum Thema Baumsterben vom Oktober 1983, ausgegeben in unseren Schulen
19. „Der Wald stirbt", Vortrag des Bundes Naturschutz
20. „Das gelbe Gift", Spiegel-Buch, Reinbeck 1984
21. „Natur und Umwelt", Zeitschrift des Bundes Naturschutz
22. Felicitas Betz, Märchen als Schlüssel zur Welt, München 1982
23. Prof. Dr. Michel, Wert oder Unwert der Geriatrika, Heft 52 aus der Schriftenreihe der Bayerischen Landesärztekammer, Besonderheiten der Therapie in der Geriatrie, Heft 37, Vorträge Seite 140-296
24. Indikationen zur medikamentösen Hochdrucktherapie, Deutsche Liga zur Bekämpfung des hohen Blutdruckes
25. Prof. Dr. K. Böhme, Anpassungsschwierigkeiten im Alter, tägliche Praxis, 1. Quartal 1984, Seite 133
26. Dr. P. Brandelmeier, Allgemeinarzt, Epidemiologie der Multimorbidität bei den älteren Menschen. B. von Kutzschenbach, Allgemeinarzt, Pathogenetische und therapeutische Aspekte beim alten Menschen. Dr. M. Lürs, Allgemeinarzt, Der alte Mensch in der Familie. Dr. P. U. Heisel, Allgemeinarzt, Möglichkeiten des Sports im Alter, Zeitschrift für Allgemeinmedizin, Heft 19, 10. Juli 1984
27. Prof. Dr. med. Günter Schlierf, Heidelberg, Ernährung, Arteriosklerose und koronare Herzkrankheit, Deutsches Ärzteblatt, Heft 17, April 1984
28. R. Arnold, Nahrungsmittelqualität und Gesundheit, H. Schulze und W. Mücke, Umweltchemikalien, R. L. Mueller, Nitrat: wertvolles Therapeutikum! – Nitrat: gefährlicher Umweltstoff, I. Schwörer, Umweltnoxe Blei, Zeitschrift für Allgemeinmedizin, Heft 22, 10. August 1986
29. Manfred Teufel, Pestizide und PCP im Fettgewebe, Zeitschrift für Allgemeinmedizin, Heft 4, 10.02.1989
30. Strahlentelex, Unabhängige Meßstelle Berlin 1987 – 7.2.1991
31. Prof. Dr. med. E. Lengfelder, Fünf Jahre nach Tschernobyl, Münchner Medizinische Wochenschrift, Heft 17, 26.04.1991

Sachregister